あなたの中に眠る、そう文字通り、
一歩も動こうとせず、
寝たきりになったように眠る魂へ、
この物語を贈る。

ねえ、
生きてる実感、
欲しくない?

私はただ、「生きてる～！」って
メートルの幸福論

叫びたいだけだったんだ

大鈴佳花

半径0

先に言っておく。

これは、お金も、仕事も、恋愛だって、

それなりにうまくいっていたのに、

どこか虚しさを抱えながら生きていた私が、

「生きてる〜！」

と、心の底から叫べるようになるまでの物語だ。

だから、もしもあなたが

「何をしてても楽しくない」って思っていたり、

それこそ来年の自分にワクワクしていなかったり、

過去の自分が大嫌いって思っていたりするなら、

立ち読みするよりも前に、

この本を家に持って帰ったほうがいいと思う。

だって、立ち読みなんかで、
人生は変えられない。

あなたがもし今世で「生きてる〜！」って叫びたいなら、

私からの最初のミッション。

この本を自分の家に持って帰ること（もちろんレジは通してね）。

なんで私がこんなに偉そうな口を利くのかって？

それはこの後の物語を読んでもらえば分かるでしょう。

それは全部あの日、ベッドの上で

〝あの人〟と出逢ったところから始まったのだ。

イントロダクション

当時29歳。自分で言うのもなんだけど、順風満帆の人生だと思っていた。
あの日、寝たきりの自分になるまでは。

だって営業成績はいつもトップだったし、誰もがうらやむ東京タワーの見える部屋に住んでいたから。それに、はっきり言ってモテてたし。

と言っても、順風満帆でなくなったのは、自分が〝寝たきり〟になったからではない。
ベッドの上で出逢ってしまったからだ。

……「本当の自分」に！

これは決して、心の声が聞こえたとか、本音に気づいたとかそういうゆるふわ自己啓発的な話ではなく、くっきりはっきりと「自分そっくりの自分」が目の前に現れたのだ。

その事件が起きたのは、整骨で頚椎《けいつい》損傷したことをきっかけに「寝たきり」になってしばらくした、ある夜のことだった。私はその時、ベッドに横たわりながら、リビングの棚のかき集めたブランド品を恨めしそうに見ていた。

なぜなら、せっかくのブランド品も、この身体では宝の持ち腐れだからだ。

部屋から見える東京タワーもいつも以上にキラキラして見え、なんだか私をマウンティングしているように思えた。

「クソクソクソクソ！　私の人生、返してよ！」

もうベッドの上で、そう叫ぶことしかできなかった。

だけど、その叫びも天井にぶつかって、すぐに私のもとへ返ってくるのだった。

そうやって絶望に打ちひしがれている時、泣きっ面に蜂のごとく私をひどい頭痛と吐き気が襲った。

寝たきりの私をさらに苦しめるなんて、神様もなかなかドSなお方！　とツッコんでいられたのは少しの間だけ。

頭痛の感覚が少しずつ狭まるし、痛みは強くなるし、極めつきはなんだかお腹の奥のほうでうごめく何かがあった。それが「吐き気」の正体だった。

言うなれば、まるで食道が産道になっているような感覚。

「へへ、私、一体何を産むんだろう」

脂汗をかきながら、くだらない冗談をぼそっとつぶやいた次の瞬間だった。

本当に産まれた。

「やっとシャバに出れた〜！　あんたが自分に嘘をついているせいで難産だったわ」

「え？　私⁉　どうして私がいるの⁉」

驚くのも無理はない。何を産み落としたのかと思ったら、目の前にはどっからどう見たって私にそっくりな「私」がいるのだから！

ところが彼女は寝たきりの私の前に立って、ニヤニヤしながら言った。

「私はね、あなたが〝本当はこうなりたい〟って思う魂の姿よ。つまり本当のあなたってわけ。あなたの絶望する姿に耐えきれなくなって、この世界に出てきちゃった」

「〝きちゃった〟って。

あの〜、ただでさえ寝たきりでいっぱいいっぱいなので、帰ってもらえますか？」

「残念。私、戻り方は知らないの。だから、魂は本来、姿を現さないのよ。

だけど、もう限界。あなたの人生を取り戻しに来たわ」

「ん？　もしかして、魂の力で、順風満帆だった〝あの頃〟に戻してくれるって感じ⁉」

「はぁ、まだそんなこと言ってるのね。はっきり言っとくわ。あなたの人生はこれまで、これっぽっちも順風満帆じゃなかった！」

「何をおっしゃいますやら。私、営業成績もよかったし、こんなに夜景のきれいな部屋に住んで、男性からもチヤホヤされて。これのどこが順風満帆じゃないって言うの⁉」

「ねえ、あなたの順風満帆って、誰かや何か、つまり外側の要因がないと成立しないいんじゃない？　無人島に放り出されたら、そんな順風満帆は一瞬で崩壊ね。

現に、ブランド品がどれだけあったって、あなた今、それを着られないじゃない。

寝たきりを支えてくれる人だっていないじゃない。

お金がどれだけあっても、あなたはそれを使うことだってできない。

ほらやっぱりどうやら〝それ自体〟が幸せのカタチってわけではなさそうね。

つまり、そんなの全部虚構なのよ！

私なんてね、私のままで順風満帆よ」

私なんてね、私のままで順風満帆よ。私なんてね、私のま

まで順風満帆よ。私なんてね、私のままで順風満帆よ。

……なぜだろう。

正直言って、この時、私はこの言葉に頭を打ち砕かれていた。

しかも、もう1人の自分は、その言葉を吐くやいなや、はじけるような笑顔を見せた。

それは私のはずなのに、私じゃないような。

思わず恋に落ちてしまいそうな素敵な笑顔だった。

「はい、腑に落ちたところで、今日から私のトレーニングに付き合ってもらうわよ」

「え？　トレーニング？」

「そう、せっかく出てこられたんだもん。

あなたがこれ以上、自分を殺しながら生きたら、私の居場所はどんどんなくなっていく。

そんなのまっぴらごめんよ。

だからあなたに訓練をつけるの。

あなたがあなたのままで順風満帆だと思えるまで鍛え直してあげるわ。

返事はそうね。

はいか、イエスでよろしく」

「なんですか？　その軍隊みたいなセリフ」

「ふん、それはグッドアイデアね。今日から私のことを**大佐**とお呼びなさい！

さぁて、それじゃあ最初のトレーニングと参りましょうか！」

こうしてある日突然始まった、「本当の自分」とのおしゃべり。

だけどまさかこの半径0メートルで巻き起こるヘンテコリンな嵐が、本当に私の人生をごっそり変えることになるなんて、この時の私は知るよしもなく……。

とにかくこの後私は、大佐とのトレーニングによって、「順風満帆」の意味を書き換え、そして、心の底から「生きてる〜！」って叫ぶことになるのだった。

私はただ、「生きてる〜！」って叫びたいだけだったんだ　目次

第2章

己の魂をピカピカに磨く方法

第3章

私たちはなぜ、この世に生まれてきたのか？

第4章

ねえ、生きてる実感、欲しくない？

第1章

「自分探し」って言うけど、その「自分」の正体って何？

人生はヘンゼルとグレーテルのパンのようなもの

さて、目次を読むのに夢中でここまでの展開を忘れてしまった人のために、少しだけ現状を振り返ろうと思う。

その人は突然目の前に現れた。私が整骨で頚椎を損傷し、寝たきりで苦しんでいる時に。

こうして自称「魂」であるもう1人の私による、人生を変えるためのトレーニングが始まったのだ。

このトレーニングはどういったものかと言……

「ちょっと、ちょっと。さっきから何ブツブツ言ってんのよ？　心の声がダダ洩れよ！」

「ひぃ！」

「なにがひぃ！　よ。気が弱そうな声出して。まぁいいわ、早速あなたにトレーニングをしたいんだけど、その前に大事な質問をするわね。

そもそもあなたが寝たきりになったのって、なんでだと思う？」

「それは、不運だったから。整骨で首が変な方向に曲がって……はっきり言って、あの施術者の腕が悪かったんだと思います。うう、違うところに行けばよかった……」

「はぁ、まだそんなことを言ってるの？」

「え？　違うんですか？」

「いい？　人生に不運なんて言葉はない！

よく聞きなさい。人生に起こることは、自分の生き方の反映なのよ。分かる？

その生き方は間違ってますよ！　っていうサインが、人生に悪い出来事を起こすの」

「サイン？　なんかそれ、ちょっと怪しい精神論みたいでキモイんですけど！」

「ふん、あなたのことだから、そう言うと思ったわ。

そんなあなたに、まずは『現実』がどのように創られるかを教えてあげましょう」

「現実の創られ方?」

「ええ、現実っていうのはね、〝サインの連なり〟のことを言うのよ!」

現実は、正解と不正解のサインの連なり

「あの〜、『サインの連なりよ!』と自信ありげに言われましても、余計謎は深まるばかりなのですが。そもそもサインってなんでしょう?」

「そこから〜? じゃあ例えば、障害物が道にあったら、あなたはどうする?」

「そりゃ避けますよ。そんなくだらない質問をするなんて、魂ってバカなんですか？」

「魂に向かってバカとは失礼ね！　あのねえ、バカとか言うけど……、人生における『障害物』という名のサインを避けてこなかったから、あなたは今、そんな状態なの。

〝こっちは危険ですよ～！〟って教えてあげてるのに、わざわざぶつかりながら進むなんて、あなたこそ正真正銘のバカよ！」

「……。すいませんでした。謝るので、バカ合戦はやめにしません？　そのこと自体がバカバカしくなってきたんです、私」

「負けを認めたってことね」

「大佐はどこまで負けず嫌いなんですか。

まぁいいです。ところで、その障害物を置いたのは一体誰なんですか？」

「**それが私たち、魂の仕業ってわけ。**

魂っていうのは、本来、あなたたち人間がどう生きればいいか、その正解を知っている。

なぜなら、私たち魂は実体がない分、空の上にだって自由に行ける。

つまり、高い視点からあなたたちを見ることができるの。

ほら、迷路って空の上から見たら攻略が楽勝でしょ？　ゴールまでの道筋が見えてるんだから」

「へえ、魂ってすごい。じゃあ、常に答えを教えてくれたらいいのに！」

「だからやってるって言ってるじゃない！　直接話しかけられないから、サインとしてお知らせしてるの！

それはまるでヘンゼルとグレーテルが帰り道のために置いたパンくずのようにね」

「はい？　ヘンゼルとグレーテル？」

「ええ、進むべき方向へは、正解（こちらへ進みなさい）のパンを。

逆に進んではいけない方向へは、不正解（こちらに来てはいけません）のパンを。

そして、そのパンの連なりこそがあなたたちの現実を創っているというわけ」

「う～ん、理論は分かった。だけど、そんなパン、私見たことありません」

「もう！　そうやって『寝たきり』になってることが不正解のパンが置かれた、最大の証拠じゃないのよ！」

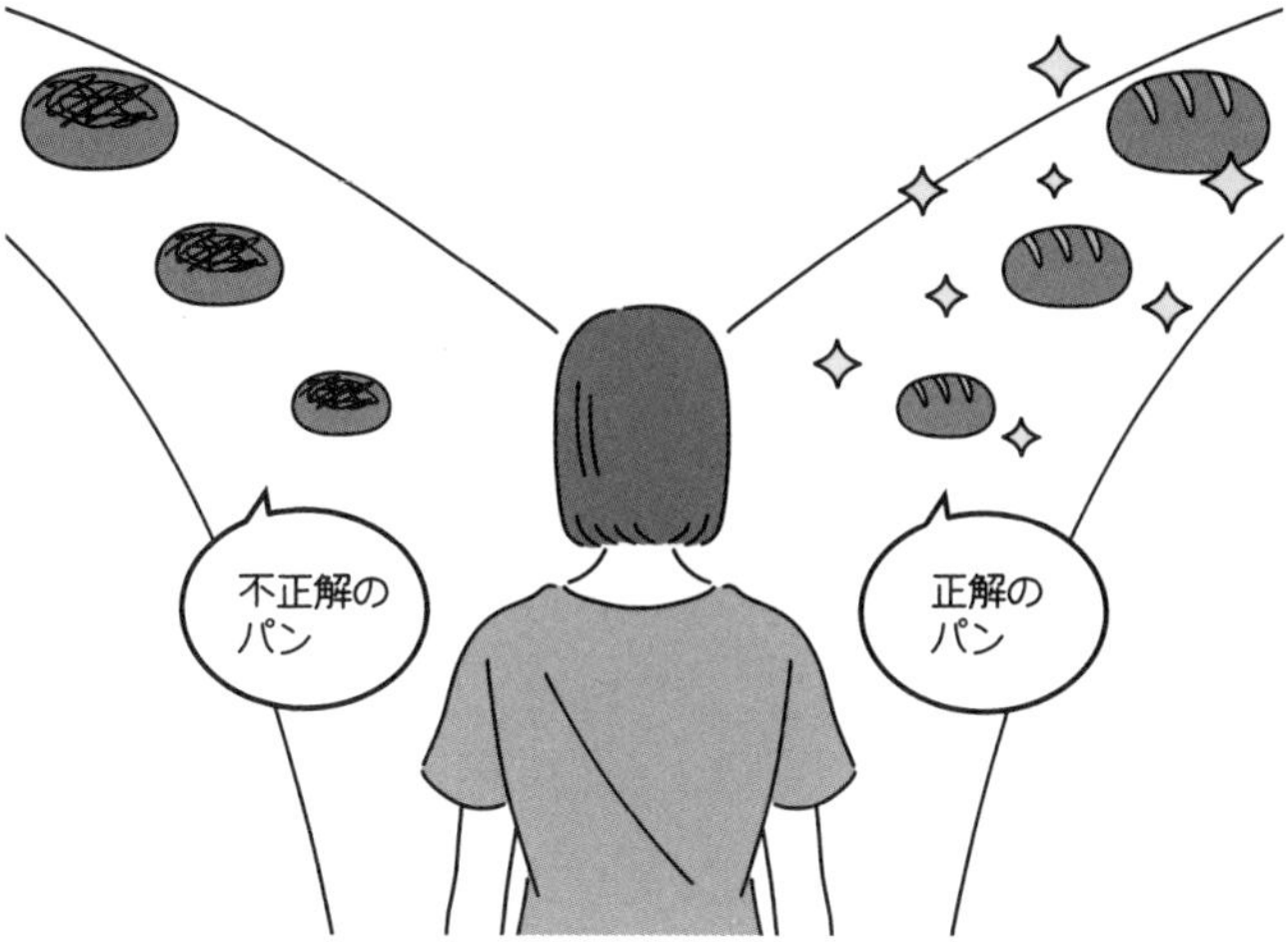

「！！！！」

「**不正解のパンは気づかずに進めば進むほど、気づきやすいように、大きな障害になっていくわ。**あなたがそうやって寝たきりになったようにね。

いよいよ気づかないと、次は命が危ないわよ！」

「ひぃ！　まだ死にたくありません！　どうすれば⁉　壺でもなんでも買います！　お金ならあるので」

「お金も壺もいらないわよ。言ったことをやればあなたは死なずに済む！　いや、それどころか、生きてる実感すら手に入るわよ」

「よ！　大佐！　なんでもやりますんで、今すぐお願いします」

「急に態度変わったわね。笑」

「えへへ。ただ、こうやって一歩も動くことができない寝たきりの私でもまだ間に合うのでしょうか？」


「安心しなさい。人間は、生き方を変えるのに一歩も必要ないから。

つまり寝たきりのあなたでも生き方は変えられるってこと。その脳みそさえあればね」


どうやら私の人生、まだまだこれからみたいだ。

大佐の言った、「生き方を変えるのに一歩も必要ない」って言葉に不覚にも私は救われた。

そんな安心感からかこの夜は、寝たきりになってから初めて、清々しい気持ちで眠りについた。

生きている限り、サインを使えば人生は何度でもやり直せる！

「ちょっと、いつまで寝てんのよ」

次の日、私は目覚ましの何百倍も不快な声で目が覚めた。

「た、大佐！　ハッ、私、いつの間に寝てたんだろう！
こんなにぐっすり寝ちゃうなんて」

「さぁ、寝ぼけてないで、今日もトレーニング始めるわよ！」

「そうだった！　サインですよ、サイン！　どうしたら、正解と不正解のサインに気づけますか？」

「今、あなたは寝たきりでしょう。寝たきりってどんな時になるか分かる？」

「どんな時に寝たきりになるか？　う～ん、それは病気の時とか、事故にあった時とか」

「そうねぇ、まぁ間違いではないけれど、それだけじゃないわ。

あなた、過去にも一度寝たきりになったことがあるわよね。

その時はどうしてなったと思う？」


そう実は、寝たきりになったのは今回が初めてではなかった。

そのことをお伝えするためには、私の父のことから話さなければならない。

自殺を選び、この世を去った父のことを。

「首から上」は最後通告

私が中学2年生の時、父は難病になった。
余命半年と宣告された。
それ以来、父はすっかり塞ぎ込んで、口数も減っていった。
そんな日々が続いたある夏休みのこと。
私はプールの補講授業があり、学校に行っていた。
家には誰もいなくて、父はそんな中、1人自殺してしまったのだ。
母も近所の人たちも、私が家にいなかったことに対していろいろなことを言った。

「あなたが家にいれば、お父さんは死ななかったかもしれないのに」
「お父さんが死んだのはあなたのせいよ」

その言葉を聞いて私は、「この人たちは、きっと悲しみをどうしたらいいのか分からないのだろう」と思った。
父が死んだ時、胃の中は空っぽで、何も食べていなかったそうだ。

そのことを遺体解剖した医師から聞くと、母は私をさらに責めた。

「あなたが何か作って食べさせてあげれば、思いとどまったかもしれないのに！」

そして事あるごとに、「あの時あなたが家にいれば」と言う母を許せなくなっていったのだった。

こうして私は1秒たりとも母と同じ空気を吸いたくないと思うようになった。

それと同時に「高校を卒業したら家を捨てよう」と決意したのだ。

高校生になると、私は大学入学を目指し勉強に励んだ。もちろんその大学は、家から遠く離れた場所にあった。

めでたく合格を勝ち取った私は、カバンひとつで家を出たのだ。

大学生になり、「あなたの人生って小説みたい！」という友人の一言に煽《おだ》てられ、私は本当に自分の人生を小説にしようとした。

幼少期から自分の人生を書き進めていくと、ある時、喉と胸の奥に違和感を覚えた。さらに、とてつもない大きな苦しみと、なんとも言えないどす黒い思いが自分の中から洪水のように溢れ出たのである。

そして、気づいたら私は寝たきりになっていたのだった。

「思い出したかしら？　過去にも一度、寝たきりになったことがあったわよね。寝たきりになることがどんなにヤバイことか分かっている？

マズイを通り越して『ヤバイ』のよ」

「ヤバイ？　そりゃそうでしょ。だって私、１日中動けないんですから」

「そういう意味じゃない！　寝たきりになるようなことが人生に起こるのは、どれほどヤバイことか分かってるかって聞いてるの」

大佐はギロリと鋭い視線で私を睨みつけた。

「そ、そそそ、そんなに大変なことなんですか？」

「当ったり前じゃない。**それまで動けていたのに動けなくなるのって、身体が『もう動きたくない！』って言ってる証拠よ**」

「え？　身体が動きたくない？　身体に意思はないと思うのですけど……」

「じゃあ、あなたはどういう時に風邪を引く？」

「どういう時？　うーん、寝不足の時とか、疲れがたまった時とか？」

「**身体が休みたがっているってことじゃない⁉　そういう時に人は風邪を引くの。**

つまり、身体があなたに『休みなさい』っていうメッセージを送っているのよ」

「な、なるほど！　確かに、そう感じると、身体に意思はあるのかも⁉」

「そういうこと。そして身体はさっきの風邪の話のように、自分の本当の声をよく分かってる。自分の本当の声っていうのは『魂の声』と言ってもいいわね。

だけど、残念ながら頭はバカ。

頭は、世間の声とか、誘惑の声にすぐに騙されてしまうの。

そうやって、本当に自分が向かいたい方向と頭が導き出した行動が、長年違う方向に

行っていると……、

『もうこれ以上、嘘をつきたくない！』って身体が強制終了をしてしまう。

つまり、今のあなたの状態ね。

さらにあなたの寝たきりは、首が原因で起こったものだからタチが悪い！」

「え？　どうして？」

「**実は首から上のサインって、『最後通告』を意味するのよ。**

最後通告って、これで気づかなかったらもう後がないってこと」

「後がない？」

「だから、言ってるじゃない。ジ・エンド。命がないってことよ。

今のあなたは、あなたが思っている以上に悪い状況よ。

だって今回は2つの状況が重なっているわ。『寝たきり』と『最後通告』ね。

これは例えば熱を出して3日間動けないとか、足を怪我して動けなくなるとか、そういうのとサインの重みが違う。

『もう、これまでの自分ではいられない段階に来ている』

つまり、ここで変わらなければあなたの人生がリセットされてしまうってことよ」

「そんなこと突然言われても……」

「おーい、だから突然じゃないってのー。昨日、人生は〝なんの〟連続だって言った？」

「サイン？」

「そう。私はこれまでも、何度も何度も、小さなサインを出し続けた。

あなたに風邪を引かせたこともあったし、頭痛だって何度も、何度も。

それなのに、あなたはそのサインに気づかず、

営業成績にこだわって自分を酷使し続けたり、

男の人をステータスで選んだりもしたし、

たいして好きでもないブランド品を買い漁ったりしてたでしょ。

その成れの果てが今のあなたよ」

「うっ……じゃあ、もう手遅れってことですか？」

「何を言ってるの？

あなたはまだ生きているじゃない。

だったら、サインは今でも続いている。

これからサインに気づいて、幸せのパンが落ちている方向に進めばいいのよ」

「大佐〜！」

「サインっていうのは、いきなり大きなものが来るわけじゃないの。小さなサインのうちに気づけば、実は人生にそこまで悪いことは起こらないのよ」

「で、どうやって気づけば？」

「〝あれ？　なんだかちょっとうまくいかないな……〟って思ったら、それを止める。

それだけでも十分、軌道修正は叶うわ」

「じゃあ軌道修正していたら、今、こんなふうになっていなかったってことですか？」

「そうよ、人生が順調に見える人っているでしょう？

そういう人たちは、無意識にせよ、サインが小さいうちに気づいているから順調なの。

ねぇ、あなた？」

「はい、なんでしょう大佐」

「サインって言うと大袈裟に感じてるかもしれないから、言わせてもらうとね」

「さすが私の分身。今まさに私が思っていたことです」

「ちょっと前にテレビの設置を業者に頼んだじゃない？

その時、トラブルが起こったわよね」

「ああ、壁掛けテレビを、全然違う場所に設置されちゃったこと？

あれはあり得なかったです！

だってちょっと目を離した隙に、全然違う壁にいきなりバーンってテレビを取り付けられて……、
え？　まさか、あれもサインだった？」

「そうよ！　**要するに、自分の思った通りにスムーズにいかないことは、全部サインなの。**

これは大事なポイントだからよく覚えておいて。

あの時あなたは、相手の業者が自分の話をきちんと聞いていなかったからだと思ったでしょう？」

「うん、だってその通りじゃない」

「**たとえそうだとしても、自分の思った通りにスムーズにいかなかったのは確かでしょ？**

そういう時は、自分を振り返るチャンスをもらっていると思って、立ち止まってみて。

そして、なんでこれが起こったんだろう？　と感じてみると、『あっ、もしかして、これってあのことに対するサインなのかな？』って自分でピンと来ることが必ずあるから」

「**ピンと来ること？**」

「そう、例えばあなたの場合、『家族に対する接し方』がかけ違っていたから、業者がテレビをかけ違えたのよ！」

「えーーー！　その２つがなんで繋がるんですか⁉」

「実際に起こっていることと魂が伝えたいサインは、一見関係ないように感じることが多いはず。

だからこそ、ピンと来たことに正直になってほしいのよ。つまり、最初に思い浮かんだことを改善していけばいいってことね」

「うーん、話は分かったけど、ピンと来たことにそこまで本気になれるかなぁ？」

「安心しなさい。ピンと来るっていうのは誰もが持つ能力だから。つまり、適当にピンと来てるわけじゃない。

例えば、『なんとなく食べたい！』と思ったものでも、案外その食材に含まれる栄養素を身体が欲してることがあるのよ！」

「へえ、人間ってつくづくすごい」

「それなのにほとんどの人は、それが大切な能力だって気づかないで、気のせいにしてしまうのよ。

自分の感じたことを〝気のせい〟にしちゃいけない。

何か問題が起こった時は、その都度感じてみるといいの。これが起こった理由ってなんだろうってね。もちろん自分が感じたことが『正解』よ。

じゃあ、早速感じてみてご覧なさいよ。あなたは今、自分自身にどうしてほしいと思ってる？」

「うーん、大佐の話を聞いてちょっと疲れたかな。休みたがってる。

ほら、あくびも出てきたし」

「あら、いいじゃない。正直になったみたいで。

じゃあ、せっかく、次は『最悪のサイン』について伝えようとしたところだったけど、今日はこの辺で」

「さ、最悪のサイン⁉　まだサインに続きが⁉　ちょ、ちょっと、そんな気になる終わり方しないでくださいよ！　よし、もう少し頑張るんで聞かせてください」

「ほーら、言ってるそばからまたせっかくのサインを無視して、無理してる」

「えー、だってー！」

この日の大佐は、どれだけ粘っても頑なに続きを話そうとはしてくれなかった。

だけど、それは大佐からの優しさなのだと、実はこの時ピンと来ていた。

自分の魂から優しくされるのはなんだか不思議で、こそばゆい感じだったけれど、どんな形であれ大事にされるのは嬉しいものだ。

最悪のサインが出やすいのは、「お金」、「人間関係」、「健康」

「大佐！　魂の声に従い、しっかり休みました！　さぁ、続きをお願いします！」

「朝からうるさいわね。分かったわよ。

じゃあ、今日はお目当ての『最悪のサイン』についてお話ししようかしら」

「きた、最悪のサイン！　なんか響きが怖すぎなんですけど」

「そうなの、小さいサインを見過ごしていくとサインがどんどん大きくなって最悪のサインにまでなってしまうのよ！

そして、実は人生に起こる最悪のサインは世界共通で、３つの場所にしか起こらない」

「え!?　世界共通？　日本人もアメリカ人もインド人も世界中の全員ってこと？　それに、たったの３つ？」

「そうよ」

「わぁーお！　なんかすごい話」

「そう、すごい話なのよ。今あなたは、健康に問題が起こってるでしょう？　まさに、最悪のサインが起きる3つの場所のひとつは『健康』よ」

「確かに、最悪ってことが実感として分かります。だって私今まさに、本当に死にそうだもん。

それで残りの2つはなんなんですか？　もったいぶらず教えてください、大佐！」

「いいわ、教えてあげましょう。

残りの2つは、『お金』と『人間関係』よ！

最悪のサインは『お金』『人間関係』『健康』、この3か所にしか起こらない」

「ん？　でも大佐。『健康』と『人間関係』は、人類が誕生した頃からあっただろうからまだ分かる。

でも、『お金』は納得いきません。だって、『お金』はずっとあったわけじゃないし、お金自体がない国もありますから」

「うんうん、言いたいことは分かるわ。

例えばお金がない原始時代だとしたら、森に入っても食べ物がとれなくなるとかそういうことが起こるってこと。

生きていく上で必要な衣食住は現代ではお金で交換しているけれど、その当時であれば衣食住に困るような事態が起こってしまうってことね」

「あ、そういうことか。確かに今は『お金』って価値を交換する道具ですもんね。

それでは最悪のサインについて続きを教えてください」

「いいでしょう。最悪のサインっていうのはね……」

「は、はい……」

「実は最悪のサインって、その人が一番ダメージを受ける場所に起こるの！

本人が気づきやすいようにね！」

「うわっ！　確かに、そう言われてみると私いつも健康に問題が起きてる！」

「一度目の寝たきり然りね。

悪いサインが起こる時は、自分の生き方や進む方向が違う時。

だから、あなたみたいに順風満帆だと思っていても、健康面にサインが来てるなんてことがあったら、それは何かしら変える必要があるってこと。

常に自分の人生の『お金』『人間関係』『健康』、この3つのバランスをよく見てちょうだい。全てがベストかどうかをね？」

「でも、例えばサインではなく、実力不足でうまくいかないこともありませんか？　それはどうなの？」

「もちろん実力不足ではうまくいかないわね。

でもその場合は単純に『成果が出ない』『勝負に勝てない』という結果が出るだけ。

それは悪いサインではないわ。だから現実的に自分の実力をつける努力や、やり方の工夫をすることね。

ただ実力はあるはずなのに、『お金』『人間関係』『健康』に問題が起きているなら、それは見直す必要ありってことよ。

今のあなたのように、若いのに寝たきりになるなんて、まさにね」

「なんにも言えません。精進します」

生まれ変わりの回数でやっていいことと悪いことがある

大佐に何も言い返すことができなかったあの日から数日後のこと。
自分のこれまでとこれからを見直す中で、「それでもやっぱり！」と納得できない気持ちがふつふつ湧いてきた。

「でも、大佐。ちょっと納得がいかないことがあるんです。

例えば、人に対して間違った対応をしている人がそれなりに人生が順調だったり、反対に明らかに人として立派な人が次々に災難に見舞われたり。

そういうことってありませんか？　パワハラ上司が会社で地位を得るなんて、まさにその典型！　キー！

大佐ー。これって普通、逆じゃないですか？」

「あら、成長を感じる、すごくいい質問ね。

実は人によって、やっていいことと悪いことがあるのよ」

「やっていいことと悪いこと？」

「実は『魂年齢』というのがあってね」

「魂に年齢があるですって⁉」

「そうよ。例えば今あなたは29歳よね。だけど、それはあくまでも肉体年齢。魂の年齢は、年が肉体年齢よりもだいぶ上だったり、逆に下だったりすることもあるわ」

「それは何で決まるんですか……？」

「生まれ変わりの回数よ。生まれ変わりが多い人ほど魂年齢が高いってこと」

「でも、その魂年齢とサインにはなんの関係が？」

「例えば魂年齢が熟年と幼年だった場合。タバコのポイ捨てをした時により悪いのはどっち？」

「まあ、ポイ捨ては基本的に悪いことですが、それでもやっぱり熟年の魂がやるほうが罪深いというか……」

「そうなのよ。だからこそ肉体年齢が同じでも、魂年齢が年上のほうに、悪いサインは出るってわけ」

「じゃあ人に対する接し方も、自分の魂年齢に合わせた対応をしなければいけないってことになりますよね？」

「そうよ。魂年齢が高い人が、この世に生まれたての魂の人と同じことをしていてはいけない。それがあなたの気になっているポイントの答えね。

パワハラ上司がそんな行動をとっても地位を得られ、大きな悪いサインが起こらないのは魂年齢が若いからかもしれないわ。

逆に人に誠実に接しているのに、サインが起こってしまう人は、魂年齢が成熟しているからまだまだなのかもしれない。

ほら、大学生には大学生が解くべき問題集が、小学生には小学生が解くべき問題集があるでしょ？

だからあなたはここで気づく必要があるのよ。**自分の解く問題集は一体、なんなのかを**」

「じゃあ自分の解くべき問題集が難しいのに、簡単な問題集を解いていて満点を取った気になっていたからサインが起こっているかもしれないってことですか？」

「そう、今、まさにあなたはその状態にいるんじゃない？」

「そっか、私、魂年齢高いんだ。

でも、分かる気がします。私これまで、『なんで周りの人は努力もしないで、順調な人生を手に入れていくんだろう？』って謎だった。

営業成績がよかったのだって、私、必死で頑張ったからだもん。誰よりも努力して、ようやく手に入れた地位なの。

それなのに新入社員のさゆりときたら、なんの努力もしないで上司に媚び売って昇格していって、本当にやってらんないわ」

「あの時は、本当に悔しそうだったわね。あまりにもあなたが怒っているからおかしくて、それを見て私、ケタケタ笑ってたわ」

「笑ってた？　何それ？　大佐って性格わる！」

「だってそんなの気にすることないのよ。さゆりは、魂年齢で言ったら、まだ生まれたての赤子のようなものなの。だからその時、精一杯考えた方法が、努力するんじゃなく上司に媚びを売ることだったの」

「でもそれって汚くありません？」

「汚いとか汚くないとかじゃなく、自分の成長段階に合ったことしか思いつけないものなのよ、人は」

「じゃあさゆりは、それしか思いつかなかったってこと？」

「その時の彼女にとってはそうだったんでしょう」

「そっか、そう感じると、それぞれが自分の課題と向き合ってるってことか」

「そうね。それにね、よく悪いことが起こった人に対して、『あの人は感謝が足りないからあんなことが起こるのよ』とか『日頃の行いが悪いからだ！』なんて言ったりする人がいるじゃない？

でもそんなことを思う必要もないってことよね。

だって人それぞれ問題集が違うんだから。

その人は、もしかすると難しい問題集にチャレンジしているかもしれないの」

「大佐、私、少しだけ寝たきりの自分に勇気が湧きました」

「その調子よ。**人生にどんなことがあっても、その全ては輝く未来に向かっている。**だから一見停滞しているように見えても、全て良い未来に向かう過程なんだと自分を信じなさい。

その渦中では分からなくても、後から分かることはたくさんあるわ。だから諦めちゃだめよ！」

「いつかの未来で、『あの時、寝たきりになれてよかった！』と思える日が来るといいな」

「大丈夫、きっと来るから」

大佐と出逢って、まだ1週間。それでも私は、着実に生き方を変えつつあった。しかも、全てベッドの上、寝たきりの状態で。

大佐の言った「生き方を変えるのに一歩もいらない」という言葉は、もしかしたら嘘じゃないのかもしれない。

その家族をあなたが選んだのは、「あなた」になるため

「さあて今日は、**大佐'sブートキャンプ**よ！」

そんなけたたましい叫び声で、この日は目覚めた。俗にいう最悪の朝だ。

「ねえ、起きなさーい！　今日は魂を鍛える特別トレーニングをするって言ってんの！」

「ちょっとー、朝から勘弁してください。近所迷惑じゃないですか」

「あら？　言ってなかったかしら？　私の声はあなたにしか聞こえてないわよ？」

「マジ⁉　じゃあ私って、傍から見たら、ベラベラ独り言を喋ってる寝たきりの頭のおかしい女ってこと⁉」

「そういうことになるわね」

「うわー、最悪、最悪、最悪！　魂まで寝たきりになりそうな気分！　どうか、ヘルパーさんが来た時は絶対に私に話しかけないよう、お願い申し上げます」

「そう言われると、話しかけたくなるわねぇ。いいこと聞いたわ。うふふふふ」

「フリじゃありませんから」

「で、特別トレーニングは、やるの？　それともやる？」

「いや、だから、『やる』しか選択肢がないじゃないですか……」

「ふふふ、じゃあ始めましょう。

今日は、魂の声を聞く練習よ！」

「あのー、なんの因果か、私は今、こうして直接話せてしまっているのですが」

「ふん、甘いわねぇ。じゃあ、私の気持ちが分かるの？」

「いや、そこまでは……」

「でしょう。だから、今日はその練習。魂の声が聞けるようになると、人生で迷った時にどうすればいいか分かるようになるわ」

「でも私、霊能力者でもなんでもありませんよ？　それでも大丈夫？」

「だから練習するって言ってるの！」

「練習って具体的に何をやればいいんですか？」

「じゃあ、その前に質問するわね。

本当の自分である『魂』ってどこにいるか分かる？」

「え？　魂のいる場所？　そうだなぁ……胸のあたりかなと思います。

心は英語でハートとも言いますし」

「ふふふ、そう言うと思ったわ。

でもね、心と魂は全くの別物なのよ」

「え？　心と魂は別物？

だって、『迷ったら心に聞け』って、いろんなところで言われてますよね？」

「そう、みんな心が『本当の自分』だと思い込んでいるわね。

だけど、心は本当の自分じゃない」

「え？　心は本当の自分じゃないですって？」

「心っていうのは、どちらかと言うと、この世に生まれて体験した感情によって形成されていくもの。

一方、魂は生まれる前から存在しているし、生まれる前から意思がある。

本当の自分というのは魂のほうなのよ」

「じゃあ、なんでそんな勘違いが起こるのでしょうか……？」

「心は感情が動いた結果、形成されるものって言ったじゃない？

そして心自身も感情の影響を受けてしまう。

例えば怒りの感情を日々感じていると、やっぱり心も常に怒りに囚われる。

そうやって心や感情が常に『怒り』に囚われると、どんな些細なことでも『私は怒っている』と自分と怒りを結び付けてしまいやすくなるの。

だから、普段なら気にもならないことにすごくイライラして『怒るべきもの』と判断してしまうってことね」

「ああ、確かに！　イライラがイライラを連れてくるような経験ってよくあるかもしれないです！」

「そうでしょう？　赤いフィルタを通して見れば世界は全て赤く染まって見えるわね。そして全て『赤く』見える自分自身を、いずれは『私は赤い』『私は怒る』『私は許さない』『私は憐れ』と思うようになってしまうの。

ただそのフィルタで見ているだけの幻の姿なのにね。

でも魂は感情とは切り離されているから、そういった感情の動きに影響を受けないのよ。どれだけ悲しくても、怒っていても、魂は惑わされない」

「『魂は惑わされない』か。すごく深いですね」

「そして心は『勝ち』という名の幻想を追わされる。だから魂の声とのギャップが生まれてしまうわ」

「『勝ち』という名の幻想？」

「そう。この世界は『競争』や『比較』だらけでしょう？

学校に行けば、どっちのほうの成績がいいかを競わされ、

会社に行けば、どっちのほうの売上がいいかを比較される。

つまり、『勝ち』を追わされるのよ。

でも、そんな『勝ち』なんてモノはこの世に存在しない」

「え？　ありますよ？　だって、この世界では年収1000万円以上あると『勝ち組』ってもてはやされます」

「でも、そうやって『お金』って基準で勝ちを定義してしまったら、次なる敵が現れるだけじゃない」

「次なる敵？」

「ええ、1000万円の年収になったら、次は年収2000万円の人が敵になって、年収2000万円になったら、次は年収3000万円の人が敵になって……永遠に続くわよ」

「んー確かに、1000万円の年収になっても、実はそこに豊かさは感じませんでした。新しいバッグを買っても、家に帰ればクローゼットの奥にポイ。

結局次の新しいバッグを次なるターゲットに定めて働くっていう、堂々巡りを繰り返していたんです。そこにあるのは幸せではなく、虚しさだったかな……」

「ほらね。人間が思う『勝ち』なんて、全てが幻想。

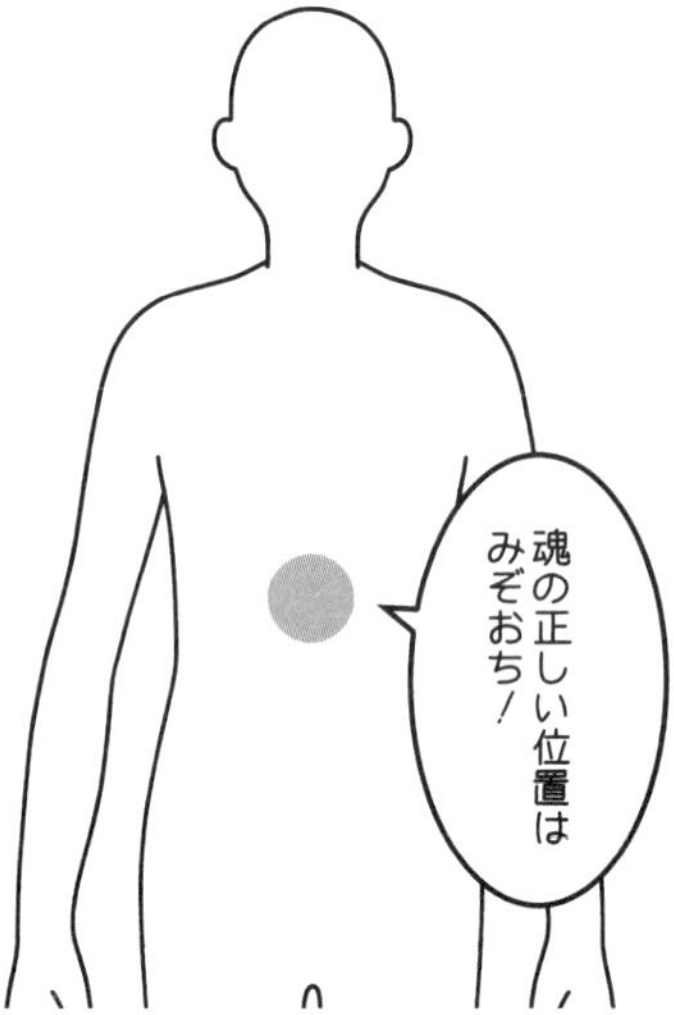

それなのに、そんなマボロシを追うせいで、魂の声は無視され、偽物の自分が確立されるってわけ」

「なんだか、虚しさの原因が分かった気がします」

「じゃあ話を戻そうかしら。その魂ってどこにあると思う？」

「胸じゃないとしたら……、えーっと、えーっと」

そうやって悩んでいると、大佐はベッドに横たわった私のお腹あたりに視線をやった。

「お腹……ですか？」

「**正確に言うとみぞおちよ。**魂は、みぞおちにあるわ」

「それって世界中の全員がここにあるの？」

「本来はね。というか、みぞおちが魂のあるべき場所。

でも、本当の自分に嘘をつくと魂はみぞおちからずれてしまう」

「え？　ずれる？　ずれるとどうなってしまうんですか……？　なんか怖くなってきたんですけど」

魂がずれると、生きる屍・ゾンビになる

「大丈夫よ！　安心しなさい。魂がずれたからって死ぬわけじゃない」

「はぁ、よかった……って、もしかして私もずれてるからこそ大佐が現れたとか……？」

「当たり！　ようやく気づいたようね。あなた、ズレッズレよ！

あなたの魂は、みぞおちよりずっとずっと下のほう。

そうね、お腹くらいの場所かしら。もう窮屈ったらありゃしない！」

「なんかすいません。でも、そうやって魂の位置がずれていくと、最終的にどうなっちゃうんですか？」

「そりゃ、そのまま本当の自分を生きないで嘘をつき続けたら、最終的には、肉体から魂が抜け落ちるまでよ」

「え？　魂のない肉体って、一体どうなっちゃうんですか？」

「生きる屍ってところかしら。ゾンビね、ゾンビ。

人生に喜びを感じず、生きている実感もない。そんな存在よ」

「やだ！　ゾンビ反対！　大佐、私、どうしたらいいの〜⁉」

「だから、言ってるじゃない。魂の声を聞く練習をするわよ！　って。それしか方法はない」

「やります、やります！　自慢じゃないですが、コミュニケーション能力は高いほうですから」

「あらいい意気込みね。じゃあ、聞くわね。

今回どうしてあなたに、寝たきりっていう最悪のサインが起こったと思う？　頚椎損傷の奥にあるサインはなんだと思う？」

「それはつまり、この前教えてもらった『ピンと来るもの』よりさらに奥にあるものに気づくってことですね？」

「そうよ。あら、お察しのいいところを見ると何か分かったのかしら？」

「……えーっと、えっと。あ！」

「お！　なになに？」

「……ヒントをください！」

「何それ！　もう、ガッカリ！

まぁいいわ。ヒントはね、前回の寝たきりと今回の寝たきりは繋がっている。

つまり、まだあなたは気づくべきことに気づいていないから、こうして二度も寝たきりになっているってこと」

私はそのヒントをもってしても何も分からなかった。それくらい、前回と今回の寝たきりになんの因果関係も見つからなかったのだ。

しばらく無言で考えていると、大佐が見かねたようにこんなことを言った。


「あなたは今、お母さんに対してどんな気持ちを持ってる?」

「え? お母さんに対して?」

「ほとんど実家にも帰っていないし、そもそもお母さんから電話があっても、あんまり出ないじゃない。それってどうしてなの?」

「大佐は、私の魂なんでしょ? だったら、言わなくたって分かってるはずじゃない。

お父さんが死んだ時、あの女は何て言った?

『あなたがご飯でも作ってあげれば、お父さんは死ななかったかもしれないじゃない』よ。

お父さんが死んだのは私のせいじゃない。それも自分の選択よ。それなのに私のせいにするなんて。そんな人間と話してもしょうがないです!」

「そうね、あなたの気持ち、よく分かるわ。あなたはまだ14歳だったし、お母さんにそんなふうに言われて、とても悲しかったわよね」

「はい、とっても。それにあの女は、私がこんなに悲しんでいることを知らない。最低よ」

「でもね、よく聞いてちょうだい。

なぜ悪いサインが大きくなってしまうかというと、この世界で一番重要なことに気づいてないから。そして、あなたがずっと間違ったことをしているからなの。

人生で一番重要なことは、『人に対してどう接しているか』なのよ。いい？」

「人生で重要なことは他にもたくさんあるじゃない。

夢を叶えるとか、自由に生きるとか、偉大なことを成し遂げるとか。

それなのに、どうして『人への接し方』が一番重要だって言うんですか？」

「私たちは1人で生きているわけじゃない。誰かと関わることで自分の人生が作られるのよ。

だから自分がどんな人生を送るかは、自分がどんな人間関係を築いているかと直結する問題だってこと」

「え？　でも私、今こうして1人で、ベッドの上で生きてますけど？」

「はいー、残念。その態度ー。また魂の位置がズレたー」

「でも、私、寝たきりになって以来、人間関係の『に』の字もありませんけど？」

「じゃあ、そのベッドは自分で作ったの？　この家は？　寝たきりになった今でも食べるものに困らず、生きられているのはどうして？」

「う〜、そう言われると、誰とも接してない今も、というか、今でこそより1人で生きているわけではない……」

「そうでしょう。それはあなたの人生を振り返ってみても同じはずよ。

人生の交差点には、いつも誰かが立って

いるはず。

そして、その人たちとの関わり合いによって、あなたは人生の方向を決めてきたはずなのよ」

大佐の言葉にもはや言い返す術がなかった。確かにそうなのだ。
あの人と出逢わなければ、あそこに住むことはなかった。
あの人と出逢わなければ、あそこに勤めることはなかった。
もっと言えば、あの人に出逢わなければ、あの人に出逢うこともなかった！
人生における全ての出逢い頭には、必ず誰かがいたのだ！

「あら、その顔を見ると、どうやらだいぶ腑に落ちてきたようね。
そんなあなたに続報よ。
人間関係の中でも核になるのは、実は家族関係なの！
だってこの世界で一番最初に人間関係を築くのは家族なんだから。

その家族をないがしろにした状態では、本当の意味でいい人間関係を築いていることにならないのよ。

一番身近な人に対してきちんとできなければ、他人になんか、もちろんきちんと接することなんてできない」

「えっとー、さっきまでは腑に落ちてたのですが、その話は納得がいきません。

だって、ある日突然、私はこの世に生まれて、父と母と姉と兄が用意されていた。

物心ついた時には、それが私の家族だって勝手に決まっていたんです。

だから私には選択権なんかなかったし、どうにも動かせない現実がそこにあっただけ。

それって不公平だと思いませんか？

私、もっと優しいお母さんがよかった！　それにもっと平和な家庭がよかった」


そんな私の叫びを、大佐は心なしか諭すような声で受け止めた。

「それが不公平じゃないのよ。

家族には『家族になる基本の法則』がある。

それは、お互いの約束と了承がないと家族になれないってこと

「約束と了承？　それって誰といつしたって言うの？」

「それはあなたが生まれてくる前。あなたは両親の魂に聞いたの。

『お父さんとお母さんのもとに生まれていいですか？』って。

そのリクエストに両親が応えなければ、あなたが生まれてくることはなかった。

つまり、お父さんとお母さんの魂が、『あなたに自分の子どもになってほしい』と思ったから、あなたたちは家族になれたのよ」

「**そんなの嘘です！　そんな記憶全くありませんから！**」

「頭では覚えていないけれど、魂では覚えているのよ。

家族って、偶然でなるわけじゃない」

「じゃあ聞きますけど、なんのために許可をとるって言うんですか？　別に生まれてくるなら、どんな親からだって生まれられますよね⁉」

「そんなの簡単じゃない。

あなたになるためよ。

両親が違ったら、今のあなたにはならない。**あなたは、あなたになるために両親を選んでいるの**」

「あなたになるため」

その一言は、どんな理論よりもパワーワードだった。

素直に納得はできないけれど、強く反論もできないのだ。

両親が変われば、そこに生まれる「私」は、もはや別人なのだから。

そして、この後、大佐によってさらに私の中の家族像が再定義されるのだった。

この世界は、魂によるリアル脱出ゲーム

「あらあら、言い返せないところを見ると、どうやら少しだけ納得したようね。

そう、あなたは自分でその家族を選び、あなたになるために生まれてきた」

「うーん、悔しいですが、その言葉にやられました。

まだ確信はないですけど、話の続きを聞くために、まずはそういうことにしておきます」

「素直でよろしい。さらに言うとね、『あなたになるため』というのは、あなただけの才能を選ぶってことでもあるわ。

そして、魂レベルで言えば、そんなあなただけの才能でなければ学べないことがあったということなのよ。

『親を選ぶ』というのは、『どんな才能を選ぶか』ということに直結している」

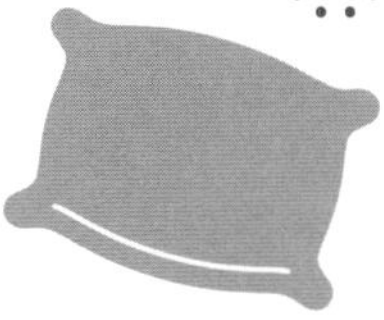

「なるほど」

「さらに言えば、それは『どんな遺伝子を受け継ぐか』ってことでもあるの。遺伝子というのは、まぁ簡単に言えば自分の特徴ってことね」

「遺伝子って、ＤＮＡとも言いますよね」

「そうよ。ここからが今日の面白いポイント。

人はいい遺伝子だけを受け継ぐことはできない。みんな平等にいい遺伝子も悪い遺伝子も受け継いでいるの」

「まあ、誰にでも欠点というのはありますからね。

でも、おかしくないですか？

自分が親を選んでいるなら、どうして親のいい遺伝子だけを受け継がないんですか？

いい遺伝子だけ貰えば、よっぽど生きるのも楽になると思うのですけど」

「この世界は、いかに自分のいい遺伝子を発揮して、

いかに悪い遺伝子を発揮しないかということにチャレンジしている世界だから」

「それはつまり、悪い遺伝子にも存在意義があると？」

「そういうこと。『いい遺伝子を武器に、自分の人生を攻略する』。それこそが私たちがこの世界でやっていることなの」

「人生を攻略する？　なんだかゲームの世界みたいですね。

でもなんでそんなゲームをする必要があるんですか？」

「魂には、何度生まれ変わってもどうしてもクリアしたい課題があるからよ。

これは、少し専門的な用語で言うと『転生』を目指しているってことになるわ」

「転生って、あの輪廻転生とかって言われる？」

「多分あなたも勘違いしていると思うから伝えるけれど、この世界では、輪廻転生といって、『輪廻』と『転生』がひとくくりになっているわよね」

「はい、私自身、それでひとつの単語かと思ってました」

「実際は輪廻と転生は別のものよ！」

「そうなんですか？　一体どう違うんですか？」

「この違いは学校で例えたら分かりやすいわね。

『輪廻』というのは、留年を繰り返すこと。

『転生』というのは、進級すること」

「え！　輪廻、辛《つら》い！」

「だから、私たちの魂はなんとか転生をしたいと思っている。

輪廻も別にダメってわけではないのだけど、やっぱりそれって学んでないってことじゃない？

結局、来世でも同じような遺伝子を選ぶことにもなるわけだしね」

「あぁ、なんか耳が痛い〜。じゃあ、転生するためにはどうすれば⁉」

「それで登場するのが、さっき言った魂がどうしてもクリアしたい課題よ。この課題のことをあなたたちの世界では『カルマ』と呼んでいるわね」

「カルマ！　怪しい世界を知らない私でも、それなら聞いたことがある。それってつまり、『業』のことですよね？」

「そうよ。過去世でクリアできなかったら、来世に。そうやって、カルマは解消されるまで、バトンリレーのように引き継がれる」

「わわわ～！　留年ってことですね……。

でも魂ってドMですよね？

できなければ何度も何度も留年するなんて。もう変態としか」

「だって、魂にとっては『成長すること』が喜びだから。

自分の持ついい遺伝子をONにして、悪い遺伝子をOFFにする。そうして、その遺伝子的特徴を活かしながら人生を自分の思ったように叶えること。

それが私たち魂の願いってわけ」

「へえ、なんだか壮大な話ですね。ちなみに、自分の悪い遺伝子がONになっているのは、どういう時なんですか？」

「例えば、感情に翻弄されて頭が真っ白になって怒鳴り散らしている時。

それに、お酒を飲みすぎると自分の悪い遺伝子がONになる。

人間は酔っぱらうと、いつもならしないような失敗をしてしまったりもするでしょ？

あれなんて、まさに悪い遺伝子発動中よ。

いわゆる、そういった自分ではなかなかコントロールできないものは悪い遺伝子的特徴だと言えるわね」

「なんか思い当たるふしがあって耳が痛いです」

「さて、よしか。

あるがままに生きるってよく言うじゃない？

それは自分の持ついい遺伝子を発揮して生きることなの。

だから『あるがままでいい』というのは、『才能を発揮しないでいい』というわけじゃないってこと。

自分の改善すべきところは改善して、自分の本当に望む人生を叶えることがあるがままの状態なのよ。そして、それこそが自分の持つ特徴的な遺伝子を攻略できたことになるってこと」

「よーし、なんかやる気が出てきました！　攻略してやるんですから！

で、大事なことを聞き忘れてましたけど、

攻略して無事に転生すると、一体どうなれるんですか？」

「そりゃ進級するっていうからには、卒業できるに決まってるじゃない。

そうすればまたソフトを替えて別のゲームに挑める！」

「え、やっぱり魂ってドM」

「ソフトが替わるんだから、楽しいじゃない！」

大佐はいつになく少女のような顔で、そう言った。

「あのね、この世界は、リアル脱出ゲームだと思ってもらって結構よ！」

「リアル脱出ゲーム？」

「そう。輪廻というしがらみから脱出できるか。そして、無事に転生できるか。それを目指すゲームなのよ！」

「そのために、いろんなキャラクターを選んで、ずっとゲームをしてるってこと？」

「そういうこと。**だからまぁ、せっかくの人生、楽しんじゃいなさい。ゲームなんだから。**

このゲームの攻略のヒントは、もちろん家族にありよ。

私たちは生まれる時に自分でどんな遺伝子を受け継ぐか決めている。

だから、どんな人生になりやすいかは、実は生まれる前に分かっているのよ。

もちろん今回の家族との間にどんな問題が起こりやすいかも、重々承知の上で生まれているわ」

「うーん、やっぱり家族と向き合う必要ありなんですね。でもそうは言われても気が重いなぁ」

「だって、私たちは家族として生まれる時に大切な約束をしてきたの。それは『お互いの悪い遺伝子の特徴を知った上で、最善を尽くすこと』。つまり、家族は転生するためのチームみたいなものなのよ。**家族間に起こる問題は、自作自演とも言えるわね**」

「なるほど、魂が成長するためにとでも言いたいわけですね」

「そういうこと。例えば、『私は10歳になった時、こういう病気になりますから、お父さんとお母さんと私の3人でその病気から学びを深めましょう』とかね」

「え？　そんなわけ分かんない設定してるの？」

「そう。頭で考えるとなんでそんな辛い設定をするのかわけが分からないでしょう。でも、魂は知っている。**その課題を乗り越えた先に成長があると。**まぁ、この世に生まれるとそんなことはすっかり忘れて、あたふたしちゃうだろうけど」

「いやもう、世の中の全員があたふたしてるって。問題を自分たちで設定してるなんて、覚えてないですもの」

「それはそうよ。覚えていたら、物語に没頭できないし、成長もできないじゃない。例えば子どもが病気になった時、

『この病気を通して、家族でお互いに思いやることを学ぶって設定してたわよね。ほらほら、子どもが予定通り病気になったわよ。思いやり、思いやり！』

なんてやってたら、興ざめでしょ！」

「確かに、そんな物語全く熱中できない。笑」

「**そうなのよ。だから私たちはあえて忘れて生まれてくるの。**だからこそ、起こる出来事や感情に翻弄されながら成長していくとも言えるのよね」

「私、すっごいチャレンジャー！　ああ！　もっと違う親を選んで、違うことにチャレンジすればよかったのに！」

「まぁでも、実際のところあなたは今の家族を選んだ。そして、その家族と一緒に何かを学ぶ、リアル脱出ゲームに挑戦している」

「う〜ん。とりあえず仕組みは分かりました。でも……」

「でも？」

「はい、でも学ぶにしたって、父はもう亡くなってしまったし、母はああいう人だから、今更変わるとも思えない。

私ばっかり変わる努力をするなんて、なんだかバカを見る気がして嫌なんですけど」

「その気持ち、よーく分かるわ。ただね、相手に結果を求めないで。

つまりあなたがこの人生でベストを尽くすこと。それが全てだから」

「でも、誰もがベストを尽くすために生まれてきたっていうなら、やっぱり『どうして私だけベストを尽くさなきゃいけないの！』って思いますよ、やっぱり」

「まだ分からないの？　それは前にも言ったでしょう。

人にはそれぞれ魂の年齢があるって。

相手がベストを尽くしてくれるから、自分もベストを尽くすわけじゃないのよ。

先に気づいた人からベストを尽くすの！

気づけたってことはそれだけあなたの魂年齢が高いってことじゃない⁉

よ！　魂先輩！」

「えーなんか調子乗っちゃいます」

「乗っちゃえ、ニッサンよ！

自分はベストを尽くす。それはこの世界に生まれた時に『自分の魂とした約束』よ」

「そうなんだ、なんかロマンチック。ベストを尽くすことが魂としてきた約束か」

「私たちって、どうしても相手に期待しちゃうものじゃない？

例えば、私はこれをあなたにしてあげたんだからこういう反応をしてほしいとか。

でも、ベストを尽くすとそんなことどうでもよくなるわ。

そもそも、相手に何かいい変化を期待しているうちは、本当にベストを尽くしているとは言えないの。本当にベストを尽くしている時は、そこに相手の反応も結果も求めていない。

試合に負けても、勝負に勝てばいいのよ。さあ、ドゥーユアベスト！」

「私にできるかな……」

「あなたなら、きっとできるわ。

まずはあなたが家族を分かりなさい。

まずはあなたが家族を認めなさい。

まずはあなたが家族を許しなさい。

そして、まずはあなたが家族を愛しなさい。

それこそがあなたがこの世で家族に最善を尽くしたことになる。

『あなたは、あなたのベストを尽くすために』家族を選んだのよ。

そしてそれができるからこそ、その家族を選んだの」


その夜、私は天井を見ながら考えていた。

これまで自分が母に対してどんな気持ちを持っていたか。

そしてどんなことを言ってきたか。

たしかに14歳の時に言われたことは傷ついたけれど、それでもこうして大人になった。

私が大人になれたのは、母が私を育ててくれたからなのだ。

そんなことを考えていると、涙が頬を伝うのだった。

なんだろう、最近の私、涙もろい。

身体は相変わらず動かないけれど、私の内側でうごめく何かが、ジタバタジタバタと動きまわっているみたいだ。

これが大佐の言う魂のことなのだろうか。

「お母さんは今、何をしているんだろう……」

そんな意外な問いが頭をかすめ、私はなんだか怖くなって目を閉じた。

そうだ、私は寝たきりになったことすら、まだ伝えていない。

心に聞くな、魂に聞け！

「よしか、起きなさい、よしか」

それは母の声だった。どうやら私は小さい頃の自分の夢を見ているようだ。

その声に違和感を抱き、私ははっきりまぶたを開けた。


「ちょっと、よしか！　いつまで寝てるの」

「なんだ大佐か。まぎらわしいなぁ」

「『なんだ』って何よ。痛い目みたいの？」

「魂がそんなこと言うと怖いんで、やめてください！」

「それで、今朝はどんな気持ちで目覚めたの？　昨日までとは、なんだか違った気持ちで目覚めたんじゃない？」

「……うん。子どもの頃の夢を見ました。

まだお父さんが生きていて、家族みんなでお母さんの実家に泊まりに行った時の夢。

あの頃は、幸せだったなぁ」

「今は幸せじゃないの？」

「だって私たち家族は、こんな状態になっちゃったからね。私とお母さんの関係も今はあんまりよくないし」

「その世界をずっと続ける？　それとも進級する？

頭で考えると私たちって、許せないことに囚われてしまうものよね。

でもそれは、本当の自分の声じゃなかったりするわ。あなたの本当の声は、なんて言っているると思う？　感じてみて」

「……」

心の声と魂の声を聞き分ける方法

「うーん、やっぱり、『許せない』って言ってます！」

「はぁ、あなた、まだ心の声を聞いてるんだから。言ってるじゃない。魂と心は別物だって」

「でも、聞き分け方が分からないんですってば！」

「魂はみぞおちにあるって言ったでしょ。

はい、みぞおちに両手を重ね合わせてみて。それなら寝たままでできるでしょ？

あ、あなたは女性だから、右手が下、左手が上にして重ね合わせてね」

「どうして女性は右手が下なの？」

「男性は陽のエネルギーが強くて、女性は陰のエネルギーが強いのよ。

そして、右手は陽のエネルギーで、左手は陰のエネルギーなの。

だからエネルギーのバランスをとるためにそうするのよ」

「エネルギーのバランスがこれでとれるんですね」

「そうよ。そして目を閉じて両手をみぞおちに重ね合わせたら、ゆっくり深呼吸を3回してみなさい。

その後、心がシーンと落ち着いたら最初に自分の名前を3回呼んでみて」

「え？　何それ？　心がシーンとしたら？　え？　なんのために3回名前を呼ぶの？

怪しさが交通渋滞！」

「もう、本当にめんどくさいわねぇ。心をシーンとさせるのは、心が時々、魂と繋がることを邪魔することがあるからよ」

「なんだかそう聞くと、心って不必要な気がしてくるんですが」

「いいえ、そうとは言えないわ。**幸せな気持ちになったり、癒されたり、温かい気持ちになったり、感情を味わう装置として心は大切なの。**

ただだからこそ、負の感情にもまた簡単に揺れ動いてしまうの。

悔しいとか、こうなってやる！　とかね。そういう負の感情に支配されたら、人ってニッチもサッチもいかなくなるでしょ？

だから、本当の自分の声を聞くためには心を静めることが大切になるわ」

「なるほど。じゃあ名前は？　名前を3回呼ぶ意味はなんだって言うんですか？」

「実は自分の名前って、生まれる時に自分で決めてきた大切な名前なのよ。

それが自分とまっすぐ繋がれる鍵になっているわ」

「え？　名前って自分で決めているの？　私、お母さんからお兄ちゃんが名前を決めたって聞いたんだけど」

「現実的にはそうなるわね。でも、お兄ちゃんに決めさせたのは他でもない。生まれる前のあなたなのよ。

あなたの決めていた名前をお兄ちゃんが察知して、その名前にしたの。だから本当は自分が決めてきた名前ってわけ。

さぁ、さぁ、そうと分かったら、目を閉じて名前を3回呼んでみて」

「よしか…よしか……よしか」

「いいわね。じゃあまず最初に『魂さん、魂さん、私はしっかり自分の魂さんと繋がっていますか？』って質問しましょう。

違うところと繋がってたら答えも間違っちゃうでしょ」

「ちょっと待ってよ、『魂さん、魂さん』とか怪しすぎるんですけど〜ムリ〜」

「大事なことだからマストよ！　名前も呼ばずに質問を始めるなんて失礼よ。はい、つべこべ言わずにやってみる！」

「もう、本当にスパルタなんだから！

（魂さん、魂さん、私はしっかり自分の魂さんと繋がっていますか？）」

「どう？　なんて言ってる？」

「う〜ん、なんかよく分かんない。繋がってない感じがします」

「さっきも魂と繋がることを邪魔してしまうのは心だって言ったでしょう？　心は自分の感情や欲の気持ちで答えをコントロールしてしまう存在だから、今、魂さんと繋がっていないように感じるなら、心と繋がってしまっているかもしれないわ」

「それってダメじゃないですか」

「そうよ、ダメなのよ。だから『心さん、心さん、ちょっと脇によけてください』って心さんに伝えましょう。

そしてイメージの中で心さんがよけてくれたことを確認したら、もう一度『魂さん、魂さん、私は自分の魂さんとしっかり繋がっていますか？』って聞いてみて」

「心さん心さんとか、魂さん魂さんとか、ほんと怪しいわ〜。誰にも見られたくない！　こんな姿」

「なに？」

「いえ、なんでもありません。すぐやります。

（心さん、心さん、ちょっと脇によけてください）

おぉ〜なんか脇によけてくれてる気がする！

（魂さん、魂さん、私は自分の魂さんとしっかり繋がっていますか？）」

「どう？」

「『繋がったよ』って言ってる！　え？　これ本当に？」

「本当よ。よかった！　じゃあ早速質問してみましょ」

「えっと、何を質問すればいいいんですか？」

「なんでもいいわよ。例えば、『魂さん、魂さん、私はお母さんとの関係を本当はよくしたいと思っていますか？』とか。

できれば魂がYES、NOで答えられる質問の仕方がいいわね」

「あの〜、じゃあ質問はせめて、『お母さんは、私のことを嫌いですか』でもいいですか？」

「それはダメ」

「え？　どうして？　一緒じゃないですか」

「いいえ、全然違う。

自分から見た質問をすることが大切なの。だって自分の魂に聞くんだから」

「自分から見た質問をする？」

「魂は占い師じゃない。

つまり自分の魂と繋がって、『自分の本当の気持ち』を聞くのが、魂への質問。

相手がどう思っているか？　というのは自分のことじゃないでしょう」

「ああ、確かに、お母さんの気持ちを聞こうとしてた！」

「そして魂に聞く時は、背筋を軽く伸ばした状態で聞いてね。

ビシッと力を入れなくてもいいけれど、猫背にならない状態で。猫背だと、みぞおちが折れ曲がって、魂の居心地が悪くなってしまう。そうしたら、繋がりにくくなってしまうから」

「いや、寝たきりだから猫背も何もないんですけど」

「もう、ああ言えばこう言うんだから。

とにかくリラックスした状態を心がければいいのよ。

じゃあ早速やってみなさい」

「（魂さん魂さん、私はお母さんといい関係を築きたいと思っていますか？）」

「答えはなんだって？」

「……『はい』だって」

「じゃあそれがあなたの本当の答えよ」

「……う〜ん」

「ほらほら、頭で考えない！　今、子どもの頃に言われたムカつくことばかり思い出してたでしょ」

「当たってます」

「そうすると、心さんに引っ張られて、母親を許せなくなるだけよ！」

「まさに〜」

「魂が本当の自分だって言ったでしょう？

さぁ、本当の自分は今なんて言ってんだっけ？」

「（はい、お母さんといい関係を築きたいと思ってる）って」

「じゃあ、それにはどうしたらいいのか、また聞いてみましょうか。

例えば『電話してみたほうがいいですか？』って聞いてみるのはどう？」

「えー、こわ〜い。怖いけど、この恐怖もまた心の声ってことですよね。

もう寝たきりの人生なんてまっぴらごめん！　ええい！　どうにでもなれ！」

私は、目を閉じ、心を静寂の世界へと向かわせた。

そして、自分の名前を3回呼んだ後、ついに質問を投げかけたのだ。

「（魂さん魂さん、私はお母さんに電話したほうがいいですか？）」

「さあ、お次はなんと言ってる？」

「……『はい』と……」

「じゃあ電話してみましょ。

あ、それと言い忘れていたけど、魂さんに聞いたことは必ず実行してね」

「え？　どうしてですか？」

「そうしないと魂と信頼関係を結べないから。

人間関係と同じよ。あなたが誰かに大切な質問をされて真摯に答えたのに、その後『別にぃ』みたいな対応で無視していたらどう思う？」

「『なんなの、この人！』って思います」

「それでその後また何か質問されたらどうする？」

「そりゃあ、『あんたこの前、私に質問したことはどうしたのよ？』って思うでしょうね」

「それと同じよ。魂さんはあなたみたいに短気ではないけど。

それでも、だんだん答えてくれなくなっていくわ。

つまり、魂との繋がりがどんどん薄くなっていくってこと」

「じゃあ魂さんの言ったことはすぐに実行したほうがいいですね！

って、電話⁉　電話は無理、無理、無理！」

「そっか〜、じゃあ寝たきりのままでいいんだね〜」

「寝たきりと電話をすることに、一体なんの関係があるの！　って感じはしますが！」

「それはやってみたら分かるから。魂は嘘をつかない！

じゃあいつにする？」

「え？　決めなきゃダメですか？」

「そうよ。いつにするの？　別に今でもいいんじゃない。暇なんだから」

「いや暇じゃないんですけど。今寝たきりだし、大佐とお話し中だし。

私は暇じゃありません」

「もう、グズグズ言ってないで。それは魂の言葉なの？　それとも心で答えてるの？

どっち？」

「はぁ〜もう。分かりましたよ。電話すればいいんですよね」

私は大佐に言われるまま、床を這いつくばりながらなんとか携帯を手にし、そして、連絡先から実家の電話番号を検索した。

――プルルプルルル　ガチャ

「あ、もしもしお母さん、私だけど」

「あら～よしか？　珍しい。どうしたの？」

「どうしたってことはないけど、どうしてるかなぁって思って」

「元気にしてるわよ。よしかは元気？」

「う、うん、まぁ元気だよ」

「それで今日は何の用？」

「用は別にないんだけど。ただお母さんの声が聞きたくて電話しただけ」

「あら～嬉しいわ、珍しくて雨でも降るんじゃない？　ふふふ」

「でも今日は、ちょっとはっきりさせておきたいっていうか、伝えたいことがあって電話したの」

「なぁに？」

「お父さんが死んだ時のことについて」


その言葉を言った瞬間、電話の向こうの空気が一気に張り詰めたことが分かった。


「改まって何かしら？」

「お父さんが死んだ時のこと覚えてる？

お母さんが私に『その日なんで家にいなかったの？　あなたが家にいれば、お父さんは死ななかったかもしれないのに』って言ったこと」

「ええ、もちろん覚えてるわよ」

「私としてはその言葉にいまだに納得がいっていないし、このままの状態でずっといるのは嫌だと思っているの。

その時のことについてお互いに誤解があるのなら、きちんと話したほうがいいと思っているんだけど」

「誤解なんてないわよ。その日、よしかにお父さんのことを頼んでお母さんは出かけたでしょう」

「だとしても、お父さんが死んだのは私のせいじゃないから！」

寝たきりである自分を忘れそうなくらい、私は腹の底から声を張った。

それはきっと魂の叫びだ。

なのに母は……、

「でもお母さん、よしかにお父さんのことをお願いしてたでしょう。それなのに、あなたは家にいなかったじゃない」

「それはお母さんだって！」

「そりゃそうよ！　お母さんは用事があって出かけてたんだから！」

「たとえ私に頼んでいて、私が家を留守にした時にお父さんが自殺したからって、お父さんが死んだことを私のせいにしているのは筋が違うと思わない？」

「違わないわよ！」

「いや、違う、違う！

誰かが家にいれば死ななかったとかそういうことじゃないと私は思う。

死んだのは最終的に本人の選択じゃない！

それに、もし逆の立場だったとして、例えば私がお母さんにお父さんのことを頼んで出かけていたとしても、『あんたが約束を守らなかったから、死んだ』なんて私は言わない。

これは、誰かがあの時こうしてれば死ななかったっていう話じゃないから」

「違わないって言ってるの！　あんたのせいよ！　よしかがその時家にいなかったから、お父さんは死んだんだ！」

「私だって、お父さんが死んだことを悲しんでいる1人なんだよ？

それなのに、そんな言い方ないじゃない！

そもそも当時、お母さんの言ったことは、14歳の子どもに言うことじゃないと思う。

それにあれから15年も経っているのに、今でもそんなふうに思っているなんて、信じられないわ」

「ええ、お母さんの考えは変わりません！　あなたが家にいなかったからです！」


そう言い放つと、その人は一方的に通話を切った。

私は悔しさと悲しさで涙がボロボロ溢れてきて、枕が雨の日のグラウンドのようにずぶ濡れになった。

私はどうして電話なんてしたのかと、心底後悔した。

自分がバカみたいでみじめで、自分にあんな人間と同じ血が流れているなんて許せなくて、自分で自分を包丁でズタズタにしてやりたい衝動に駆られていた。

そんな時、大佐の手が私の肩に触れた。


「ちょっと触らないでよ！　あなたのせいよ！　あなたが『魂に聞け！』なんて、わけの分からないことを言い出すから、こうなった！」

「いいえ、それでいいの。大事なのはこれからよ」

「大佐の嘘つき！　なによ、魂の言ったことは必ずやれって。魂なんか本当はないんだよ！　バカバカしい！」
「そうじゃないわ、魂はあるのよ、でも……」
「大佐だって本当はいないんだ！　こんなのただの妄想！　幻想！　想像！
大佐なんか存在しない！
今やるべきことって何？　やったじゃん。
でもなおさら関係が悪くなっただけじゃん。
もういい加減にして！　人生なおさら最悪じゃない！　消えろ、消えろ、消えろ！
大佐なんか消えていなくなれ！」

そうして暴言を吐ききると、大佐は私の顔をじっと見つめ、寂しそうな顔を浮かべながら、何も言わず、私の前からふと消えていった。

そして部屋の中でまた前のように、1人になった。

「魂の声に従えば人生はうまくいく」って言うから、その通りに電話したのに、全然うまくいかないじゃない。

そもそも「お互いにこんな家族を作ってこんな学びをしましょう」って約束しているなら、どうして相手は歩み寄ろうとしないのよ。

「あんたのせいでお父さんは死んだんだ」って、いい年した大人が、自分の子どもに対して言うようなことじゃない。

大佐は、「自分の魂と約束してきたのは自分がベストを尽くすことだ」って言ってたけれど、ベストを尽くしたってやっぱり相手は何も変わらないじゃない。

もうあんな親に変わることを期待してもムダムダ！

私は私の幸せを叶えたほうがよっぽどいいわ！

私は怒りでムカムカして吐き気がした。

胃のあたりが重く、今にも吐いてしまいそうだった。

「まさか、また大佐が産まれるんじゃないでしょうね？
冗談でしょ？　やめてよマジで」

「……」

「それはないか……」

でも、そういえば大佐は、相手が変わることを期待するなって言ってたっけ。
自分がベストを尽くすこと。
相手に何かいい変化を期待しているうちは、本当にベストを尽くしているとは言えない。
本当にベストを尽くしている時は、そこに相手の反応も結果も求めていないって言ってたっけ……。

「はぁ〜やめやめ！　あんな人間にベストを尽くしても時間の無駄だ！　それにしても大佐もいなくなって、せいせいしたわ！」

私は大きな声で天井に向かって言った。

幸せな人たちは、本当の自分と協力して幸せを叶えている

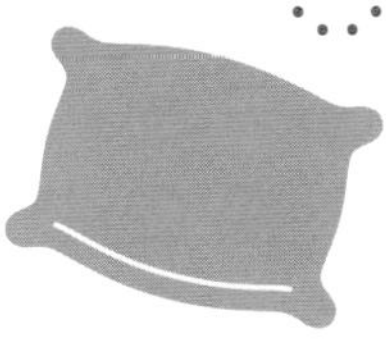

翌日、いつもより遅い時間に目が覚めた。
この数日は大佐の声で起きるのが日課になっていたから。
時計を見るとお昼を少し回ったところだった。

昨日は何時頃寝たんだろう……。
あぁ、なんか頭が痛い。
手鏡で自分の顔を見ると、むくんでひどい顔をしていた。
部屋を見回しても、大佐の姿はない。

……ほんとに消えちゃったとか？

まさかね。消えろとは言ったけど、そのぐらいで消えるわけないよね。

まぁ別に、大佐が消えたところで私の人生には関係ないけど。そもそも、あれが本当に私の魂っていう保証はないわけだし。


なんか大佐のいない1日って、すごく長いんだな。

時計を見ると針は15時を指していた。

1人で身体の痛みに耐えながら、ずっと天井を見ているだけなんて……。

はぁ……これって拷問かも。


気づいたら部屋には西日が差してきた。

やっぱり今日は大佐は来ないんだ。

そうよね、だって昨日、私が追い出したんだから。

でもなんだろう、このモヤモヤした感じ。

まるで大佐が来ないことが悲しいみたいじゃない。

なんか、あそこまで言わなきゃよかった。だって大佐は私の人生がよくなるために一生懸命やってくれていたのに。なんであんなに言っちゃったんだろう。


その時、ベッドのすぐ横の窓の外で何かが動いた気がした。

ベランダを見ると、大佐が窓のところでバットを振りかぶっている！

「ちょっと待った！　待った！　待った！　待ってくださいよ、大佐！」


勢い余って、立ち上がりそうになった。

「何やってるんですか⁉」

痛みに耐えながら、やっとのことで窓に辿り着き、窓の鍵を開けた。

「あ、開いた♡」

「あ、開いた♡　じゃなくて、何をしてるんですか？　って聞いているんです」

「いやー入れてくれないんじゃないかと思ったから、とりあえず窓をぶち破って入らなきゃと思ってね」

「は？　どういうこと？　だって大佐、そんなのいつも通り抜けてきてるじゃないですか！」

「あ、そうだった、そうだった。昨日あなたがあまりにも怒ってたから、通り抜けられること忘れてたわ」

「忘れてたじゃないですよ！　全く！」

「まぁ、でも間一髪で開けてくれたからよかったわ。

窓ガラス粉々にならなくて済んだってもんよ。

ていうか、身体は大丈夫かしら？」

「イタタタタタ、いきなり身体が痛くなってきた。無理させるから！

大佐のせいですからね！

おー痛い！　痛い！　痛い！　痛い！　もー！　なおさら悪化してるっていうの！」

「ちょっと大丈夫？　ホラホラ、寝て寝て」


大佐は私に布団をかけようとした。


「寝て寝てじゃないって、もー！　布団かけなくていい！　自分でやるから！」

「元気ね〜。昨日よりずいぶん元気になってるんじゃない？」

「元気になってるんじゃなくて、怒ってるの私は。それで一体何しに来たんですかっ！」

「何しに来たって、そんなのトレーニングの続きをするために決まってるじゃない」

「トレーニング？　いや、それはもう終わったでしょう。

だって昨日で私の魂は死にました」

「何言ってるのよ。終わってないわよ。ほら、こうして私は生きている！」

「終わってない？　私昨日、『消えろ！』って言いましたよね？」

「そうね。まぁ昨日は一応出ていったわ。でもそれは、トレーニングを途中でやめたわけじゃない。トレーニングはあなたが卒業するまで続くのよ」

「卒業？　そんなの聞いてないんですけど」

「そうだった？　あ、これこれ」


おもむろに大佐はポケットから封筒を取り出した。


「ここに契約書があるんだけれど、これによると、あなたの魂の状態がレベル10になるまでトレーニングを終えることができないのよ」

「なんです？　そのレベル10って」

「トレーニングが始まった時、あなたはレベル0のところにいた。そのレベルが10になってようやく、人生に悪いことが起こらなくなっていくの」

「そんなの聞いたことないんですけど！」

「そうでしょうね。だって今初めて言ってるから。

それでね、このトレーニングは始まる時に自動的に契約書が作成されていて、レベル10になるまで、終われない」

「は？」

「聞こえなかった？　もう一度言うわね、レベル10になるまでやめられないのよ」

「……いや、クーリングオフします」

「ああ、ごめんごめん、言うの忘れてたわ。これね、クーリングオフの期間はもう過ぎてる。クーリングオフできるのは、契約日の翌日まで」

「え？　なにその押し売り」

「だってあなたは今、まだまだ不幸になってしまう場所にいる。自分の力で幸せになれる状態になるまで、どうしてもこのトレーニングは終われないのよね」

「じゃあ、質問があるんですけど。私は今レベル何？」

「1」

「う、嘘でしょ？　まだそんなところ？　だって昨日、お母さんに電話しましたよ！」

「まぁ確かに電話はしたけれど……私が伝えたことを何も実行してないから」

「何も実行してないですって？」

「そう。何もね。ただ魂に聞いたことをやるだけじゃダメなのよ。私がこの数日間で伝えたことを覚えてる？」

「……えっと～」

「何が違ったと思う？」

「う～ん……、大佐は『相手に結果を求めるな』って言いました。それなのに、私は相手に結果を求めた」

「そうね。相手に期待はしないで自分のベストを尽くす。それが自分の魂との約束だって伝えたわよね」

「でもそうは言っても、あんな態度をとられると私だって感情的になりますよ。もう二度と電話なんかするもんかって、今思ってるんですけど」

「その気持ちよく分かるわ。じゃあ今日は、ちょっと一緒に過去に戻ってみましょうか」

「過去に戻る？　どういうことですか？」
「準備はいい？　行くわよ！」

大佐は、私の疑問に答えることなく、半ば強引に私の手をとった。
すると、私の身体はフワッと宙に浮いたのである。

「ちょ、ちょちょちょちょちょ、ちょっと待って、待って！　どこ行くの？」

大佐はそのまま部屋の天井を抜け、渡り鳥のように風を掴んだ。

「この風に乗って、過去まで行くわよ！　さぁ！　しっかり掴まって！」

周りの景色が目にも留まらぬ速さで変化していく。
その速さのせいだろうか、景色がグワングワンと歪んでいくのが分かった。

次の瞬間、大佐のつま先にトンッと何かが触れたと思ったら、高校を卒業するまで住んでいた家の中に私はいた。

ふと上を見ると、大佐の顔を下舐めしている。

どうやら、私は今、大佐にお姫様抱っこされているようだ。

そして、過去に戻ったことが確実だと言える事実も目の前にはいくつか広がっていた。

そのひとつが、当時撮影したはずのプリクラが全く色あせてないこと！


「薄々お気づきのようね。ここはあなたが高校3年生の頃の家よ。ちょうど今、学校が終わったところね。あなたがまっすぐ帰ってくれば、6時半頃家に着くわ」

「今、何時ですか？」

「5時よ」

「じゃああと1時間半か。久しぶりに、高校生の自分を見るのもなんか面白いかも」

「そうね」

しばらく自分の部屋を見渡していると、廊下の光が部屋の中へと差し込んだ。

ついに高校3年生の頃の私が帰ってきたのだ。

「大佐、誰か入ってきました！　隠れないと！」

「大丈夫、大丈夫。私たちの姿は相手から見えないから」

「そうなの？　って、あ、お母さんじゃない。

やだー！　すごく若いんですけど」

「そうね。だってあなたがまだ17歳の時だから、そりゃあお母さんも若いわよ。

仕事がちょうど終わって帰ってきたところのようね」

「はい」

「今日のご飯は何かしら？　それにしても、お母さんの料理って正直、美味しくなかったわよね」

「そうか、大佐もその頃から私の中にいたんですもんね。

ええ、大佐の言う通り、料理はうまいほうじゃなかった」

「それに、手抜きも多かったわよね。デパートのお惣菜ばっかり」

「でも今日は、何か作るみたいですね」

「それにしても、よしかの帰りが遅いわね」


それから3時間後。お母さんはすっかり晩ご飯の支度を終え、リビングでテレビを眺めていた。それでも私は帰ってくる気配がない。


「もう夜の8時よ。あなた、遅くない?」

「ちょっとちょっと大佐でもあるんですから、私のせいにしないでくださいよ!」


そんなこんなで、すっかり夜も更け時計の針は夜の12時を指していた。

「ねえ、もう夜中の12時よ。電車はあるのかしら？」

「多分もうないかと」

「そっか〜、じゃあ今日は、せっかくお母さんが作った晩ご飯は食べないってことね」

「ええ、どうやら。

大佐、よく考えたら、この頃の私、ほとんど家に帰ってませんでしたよね」

「家にいるのが嫌で、いつも気まぐれに家に帰って、服を着替えて、それですぐに出かける。そんな日々を繰り返していたある日。

ついに、お母さんはあなたの分の夕食を作るのをやめた」

「……そうだったんだ」

「知らなかった？」

「……」

「最初のうちは、あなたが帰って来なくても、毎日仕事が終わると夕食を作って待ってたのよ。

あ、ちょっと待って、お母さんが何かやってる！」

大佐の指差すほうを見ると、お母さんが仏壇にお線香をあげていた。

お母さんは仏壇に向かって、何かをブツブツ唱えているようだ。


「よしかが無事でありますように」

それは最初、何を言っているのか脳が理解できないほど、意外な言葉だった。


「ねえ、よしか。お母さんの声、聞こえた？」

「……はい。はっきりと」

「あなたが帰ってこない日は、いつも仏壇に向かってあなたの無事を祈って眠っていたの」

「……知りませんでした」

それは当たり前のことだった。この場所に「いない」のは他でもなく私なのだから、知る術がない。

「じゃあ、次の場所に行きましょうか」


大佐はそう言うと、私の手をとった。するとまた私の身体は空高く浮いた。

次についた場所は、病院のようだった。

病院特有の消毒薬の臭いがツンと鼻を突く。


「何ここ？　誰か病気なの？」

「違うわ。もうそろそろ始まるから、待ってて」

「始まるって何が？　しかもなんでヒソヒソ声なの？」

「大事なシーンだからよ」

「大事なシーン？」

「あ、きたきた」

医師が私たちのほうに向かって足早に歩いてくる。
医師が向かう先には、なんと……、
さっきよりもさらに若いお母さんの姿が！
そして、お母さんがいるのはなんと分娩台！

「え？　まさかお産⁉」
「そう、そのまさか」
「だ、誰が産まれるの？　も、も、もしかして私？」

大佐は、コクリとうなずいた。

「いやいやいや、マズイ。それはマズイです！」

「何がマズイのよ？」

「だって今から産まれるんでしょ？　まだ心の準備が！」

「あなたが産むわけじゃないじゃない。つべこべ言わないで、いいから見てなさい！」


すると、お母さんはすごく苦しそうなうめき声をあげた。


「やばいやばいやばい、マジやばい！　お母さん、大丈夫ですか？」

「死なないから大丈夫よ。だって今お母さん生きてるんだから。でも死にそうなくらい大変なことだっていうのは見ての通り分かってるわよね」

「は、はい」


確か、私が生まれたのは、この日の深夜2時。

時計の針を見ると、まさにその時間だった。

「オギャーオギャーオギャー」

産声と共に、「おめでとうございます！　かわいい女の子ですよ！」という助産師さんの声が分娩室の中に響き渡った。

お母さんの腕の中には、産まれたてのシワシワでサルみたいな小さな私が、しっかり抱かれていた。

その姿を見ると、ただただ、涙が溢れてしょうがなかった。

どのくらい、病室にいただろう。

気づくと私は、私を産んだばかりの母の枕元に立って、母の顔を見ていた。

そして母の顔と私の顔がいつしか重なり合い、ふと我に返ると私は自宅のベッドで目が覚めたのだ。

「おかえりなさい」
「え？　次はいつ？」
「現在よ」

私の頬は涙で濡れていて、それは今見たものが夢ではないことを物語っている。

「どうだった？　過去に戻って」

私は言葉にならなくて、涙がただただ溢れ出す。
そんな私に大佐は意外な行動をとった。

大佐は私をぎゅっと抱きしめたのだ。

「あなたは、愛されていたのよ。そして今も愛されている。

人って、自分の本当に思っていることとは違うことを言ってしまうことがあるの。

それは、心に翻弄されてしまう時。

魂ではお母さんだって分かってるのよ。

あなたのせいじゃないって。

でもそれが今はまだ言葉にできないの」

「うん。私もこれまで間違っていたことがたくさんあったんだって、過去に行って分かりました。

昔の私は、全然お母さんのことを理解しようとしていませんでした。

そして大佐の言っているベストを尽くすということも全然。

私はお母さんじゃなくて、自分を変えるために電話をしたんだ」

「ようやく気づいたようね。

相手に変わることを期待しないで。自分のベストを尽くしましょう。

そして一緒に叶えましょう、幸せな未来を」

「一緒に叶えてくれるの？」

「そうよ。幸せな人たちはね、本当の自分と協力して幸せを叶えているのよ。
だから私の手を離さないでね」

まるで自分の物語が最終回を迎えたような気持ちになった。

……でも、それは私の思い違い。
大佐のトレーニングはまだイントロも始まっていなかったのだ。

第1章、完

第2章

己の魂をピカピカに磨く方法

想像できる未来はすでに存在する！
あとはあなたが迎えにいくだけ

過去に戻って、自分の人生を振り返り、そして感謝の気持ちが湧いて、涙を流す。

通常のドラマであれば、これで最終回を迎えるはずだ。

もう寝たきりは終わりでいいじゃないか。ここで奇跡が起こって、「よしかが立った」でいいじゃないか。

しかし現実はそんなに甘いものではないらしい。

なぜなら、過去に戻ったあの日からも、大佐が消える気配はなく、べったり私のそばにいる。もちろん、寝たきりも治っていない。

一体、どういうことなのだろうか。

「『どうして、寝たきりのままなんだろう』って思ってるでしょ」

「ひぃ！」

「もういい加減、慣れなさいよ」

「だってだって、大佐が突然話しかけるから。

ところで大佐、私の魂レベルは今どこまで上がりました？」

「3ってところかしら？」

「え？　まだ3⁉　半分にも満たない感じですか？

大佐がいるし、寝たきり状態だし、まだなのかなーって現状を受け入れてはいましたけど、それってまだイントロも終わってない！」

「当ったり前じゃない。あなたはまだ現実の仕組みが分かっただけだもの」

「え？　でも魂の声を聞く方法も分かったし……」

「甘い！　それで実生活に戻って、自分の願いを叶えられるの？　自力で人生に大逆転を起こせるわけ？」

「まぁ、そう言われると富士山で言えば3合目。頂上は遥か上にあって雲で見えない感じですかね」

「そう。今下山したら、ここまで苦労して登ってきたのがチャラになっちゃうわよ」

「うわ〜それは最悪だ！　これまで鬼コーチのスパルタトレーニングに耐えたのに、全部なかったことになるなんて。

じゃあ進むっきゃない！　大佐、早く次のトレーニングをしてください！」

「あら、素直♡

じゃあ、あなたに願望実現力を身につけさせてあげましょう」

「願望実現力！　なんだかワクワクしてきました！」

「では早速。

この世界における願いは大きく分けて2つ存在するわ。

『時間をかけずに叶うこと』と、『時間をかけて叶うこと』よ」

「『時間をかけずに叶うこと』と、『時間をかけて叶うこと』？」

「そう。じゃあ、まず『時間をかけずに叶うこと』について、教えてあげましょう。

と言っても、これは言葉の通りだけどね。

よしか、今日中に叶えられることであなたのやりたいことって何？」

「今日中にできて、私がやりたいこと？

んー、そうですねえ。すっごい美味しいパンケーキが食べたいとか？」

「うん、確かに、電話1本で食べたいものが自宅まで届くこの時代。

それなら今日中に簡単に叶うわね。

じゃあ、これから毎日、必ず1個は『時間をかけずに叶うこと』を自分に叶えてあげること！　いい？」

「『いい？』と突然言われましても、それになんの意味が？」

「そんなの当たり前じゃない。願望実現力を上げるためよ。そして、それは魂レベルを上げることにも直接、繋がるわ。

結局、『自分には願いを叶える力なんてない』と思っている人が、願いを叶えられるわけないじゃない。

だから、願いを叶える練習をこの『時間をかけずに叶うこと』でするの」

「ほーなるほど。エベレストに登ろうと思ったら、まずは学校の裏山で山登りの練習をしますもんね」

「そういうこと。というわけで、これから毎日よろしくー」

「いやあ毎日ですか。さすがにしんどいなあ」

「それだからダメなのよ！　簡単に人生を変えられると思うな！

人って一瞬だけ変わるのは簡単。だけど、それを継続することができないのよね。

でも、結局そのせいで『幸せ』や『人生逆転』が一部の人のものになってしまってる。

だからそうしないためにも、私がグッと難易度を下げてあげたんじゃない。

変わりたいなら、変わる努力をすること。

ほうきを持たないで、部屋はきれいになる？　ゴミを捨てないで、部屋は清潔になる？」

「はいはい、分かりました。やります。やらせていただきます」

「『はい』は、1回！　また輪廻(留年)してもいいの？」

「脅し方が怖いですよ！　来世であっても不幸な人生はもうごめんです。

私、やります！　これから毎日、『時間をかけずに叶うこと』を叶えてみます」

「よし、いいでしょう。それでこそ、よしか」

「で、大佐。もうひとつの『時間をかけて叶うこと』っていうのはなんですか？」

「時間をかけて叶うこと」があなたの使命

「よしかには理想の世界ってある？

どんな世界が理想の世界なのか私に教えて」

「理想の世界は……まず何より、私がもっと健康なこと！」

「そりゃそうよね。だって今のあなた寝たきり。笑」

「ええ。

ん～、あとは……仲間に恵まれていること。

今はお金はそれなりにあるけど、幸せを感じない。

もっと生きてる喜びを感じたい。

『この世に生まれてよかった！』『生きてる〜！』って心の底から実感して生きたい！」

「あら、いい願いじゃない。**そんなふうに自分に『時間をかけて叶うこと』を聞いた時、湧いてくるものがあなたの使命よ**」

「へえ！　これが私の使命！」

「そう。じゃあ、さらに聞くわ。その世界を生きているあなたってどんな人だと思う？現実は自分の生き方が反映されるって言ってるじゃない？

じゃあその世界のあなたはどんなことを考えていて、どんな感情を抱いていて、どんな行動をとる人？」

「えーっと、なぜ、そんなに具体的に思い描く必要があるのですか？」

「**明確に想像できる未来は、実際に実現することが可能だからよ。**『時間をかけずに叶うこと』が簡単に実現できるのは、明確に想像することが容易だからなの」

「確かに、私の今日の願いである『美味しいパンケーキを家に届けてもらうこと』は、叶うかどうかなんて1ミリも疑っていない。

美味しいパンケーキを食べた世界で、私がどんなことを考えていて、どんな感情を抱いているか容易に想像できる！」

「そう、だから叶うってこと。そうやって、想像を働かせて、どんどん抽象的だった願いを、具体的にしていけばね」

「は、はい」

「いずれ、『時間をかけて叶うこと』が『時間をかけずに叶うこと』に変わっているでしょうね」

「!!!!」

「さあ、やる？　それともやるの？」

「やっぱり一択ですか。笑

でも、大丈夫です。今日のトレーニングはいつになくテンションが上がりました」

「あら、それはいいこと。

ただ、『時間をかけて叶うこと』を実現させるためには、覚悟も必要よ」

「え、覚悟……」

「そう、覚悟。覚悟っていうのは、偽物の自分を脱ぎ捨てて本当の自分を生きること！　今、あなたは生きたまま生まれ変わる必要がある。

生まれ変わるというのは、これまでの人生の延長ではなく、ある意味全く別の人生にガラッと変わることよね。それって簡単なことじゃない」

「なんか急にテンション下がってきました」

「もう！　まだそんなぬるいことを言ってるの？

こんなことが起こる人生をここできっぱり終わりにする！　って決意しなさい！　そうじゃないといつまでたっても、本当の人生が始まらないわよ！

まだまだあなたにはトレーニングが必要なようね」

こうして、大佐によるさらなる鬼トレーニングの日々が始まったのだ。

茨の道を進むために装備したい、「呼吸法」という名のコンパス《方位磁針》

「『覚悟を決めて生きる』。それがあなたにとって、大変なことだということは分かった。それならそんなあなたに、茨の道を進む時に力になってくれるコンパス《方位磁針》を与えましょう」

「え！　コンパス⁉　それはありがたいです。それなら道に迷わずに済む！」

「と言っても、使い方を知らないだけで、あなたはすでに持っているんだけどね」

「え？　すでに持ってる？　私、手ぶらですけど？」

「そういう意味じゃなくて。あなたの息よ、息！

何か選択で迷った時は、自分の息が吸いやすいかどうかを確認すればいいの」

「息が吸いやすいかどうか？　なにそれ、どういうこと？」

「あなたの憧れの仕事は何？」

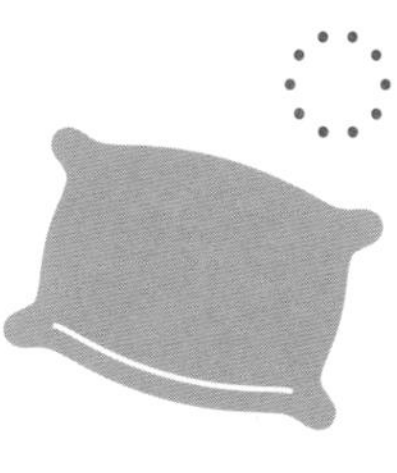

「う〜ん、そうだなぁ。なんかイメージとしてふわっと湧いているのは、サンゴ植樹の仕事か、人前で何かを話す仕事ですかね」

「じゃあ、どっちが幸せな未来か調べてみよっか」

「どうやって？」

「まず最初に、サンゴ植樹の未来を思い浮かべてみて。その時に自分の息が吸いやすくて空間に広がりを感じたら、それはあなたにとって幸せな未来。

反対にその未来を思い浮かべて、息が詰まったり吸いにくかったりして、空間が狭くなる感じがしたらそれは不幸な未来。

あ、ただ不幸って言うとなんか怖く感じるかもしれないけれど、ようするに向いていないってことね」

「なんで呼吸でそんなすごいことが分かるの？」

「**私たちの呼吸って、幸せになる方向を知っているのよ。**

ほら、自分と相性ぴったりの相手を『息が合う』って言うじゃない。

同じように、選択に迷った時、息が吸いやすいってことはその未来と自分が相性ぴったたりってことよ」

「なるほど！　息ってすごい！　まぁ、確かにストレスを感じると、喉が詰まる感じがしますもんね」

「そう。息は正直ってこと。

じゃあ、早速やってみる？

自分の今の状態で、息の吸いやすさを確認したら、準備完了。

サンゴ植樹と人前で話す仕事、ひとつずつ未来を思い浮かべてやってみなさい」

「じゃあ、まずサンゴ植樹の仕事を思い浮かべながらすっと……。

す〜っ、は〜っ」

「どう？」

「う〜ん、ちょっと吸いにくいかもしれません。本当にわずかな感覚だけど、詰まる感じがします」

「空間の広がりは感じる？」

「むしろちょっと狭くなった気が」

「じゃあ次に、人前に立つ未来を感じてみて」

「人前に立っている仕事を思い浮かべながらっと……。

すー、はー」

「今度はどうかしら？」

「なんかさっきより全然息が吸いやすい気がする！

え？　これ本当？

なんだか空間も広がった感じ！　じゃあ、やっぱりこっちの仕事が私にはいいってこと？」

「そうね、そういうことになるわね」

「でも、サンゴ植樹の仕事も、世の中にとってすごくいいことじゃない？　なんでダメなんだろう」

「もちろんその仕事は世の中にとってはすごくいいことよね。

ただ、あなたには向いてないってこと。空を飛べる鳥が、徒競走で勝とうとするようなもんね。つまり、才能がもったいないってこと」

「でも私、サンゴが大好きなのに！」

「私はあくまでも仕事には向いてないって言っただけよ。

『嫌いになれ』なんて一言も言ってないじゃない。

試しに、『趣味でサンゴ植樹をやるのはどう？』って呼吸に聞いてみて」

「趣味でやる？　分かりました。やってみます。

趣味でサンゴ植樹をやる未来を感じてみてっと……。

すー、はー。

あ!?　吸いやすくなった！　空間も広がりを感じる！」

「じゃあ、あなたは仕事では人前に立つ仕事が向いていて、サンゴ植樹は趣味にすると、

仕事もプライベートも幸せな方向になるってことね」

「へぇ、そういうことなんだ。この方法、すごく簡単で面白い！」

「面白いでしょう？

例えば恋愛にしても、好きな人を思い浮かべてみて、この人と付き合ったら？　とか、

この人と友達だったら？　とか、いろいろ自分で確認することができるのよ。

ポイントは、同じ人でも、恋人の時と友達の時で答えが変わる場合があるってこと。

つまり恋人になると不幸な未来になったとしても、友達として付き合うなら幸せな未来になったりするの。

だからいろんなパターンで確認してみることが大切ね」

「へぇすごい、無敵ですね、この方法！

私は、大佐のトレーニングにこれからも付き合うべきかどうかを思い浮かべてっと……。

すー、はー」

「よしか、何してるのよ」

「いや、大佐との未来を呼吸に聞いてました。

しかし、悔しながら、呼吸は実に吸いやすく、そこに大草原ほどの広がりも感じたわけであります……」

「当たり前じゃない！　私を誰だと思ってるの！」


そう。彼女の名前は「大佐」。

もう1人の私。
相性が悪いわけがなかったのだ。

成功や出世は他人のためにするもの

「ねえ、よしか。これからの選択に迷わない呼吸法を手に入れたところで聞きたいのだけど、あなたは成功とか出世という言葉にどんな感情を抱くかしら？」

「そうですねぇ。成功とか出世って、私もこれまで目指してましたけど、なんだかちょっとガツガツしていて、はしたない感じがします。

日本人は、奥ゆかしいことが美徳というか……」

「そうよね。日本人は特にそういうところがあるかもしれないわね。

でも実は成功というのは、物事を目的通りに成し遂げることを言うの。

物事を、目的通りに成し遂げることは、はしたないこと？」

「う〜ん。そう言われると、はしたないどころか魂の望み通りに生きてる気がします」

「それに、出世というのは、世の中に出ること。そして、自分のいい遺伝子をONにして、社会で生きることを本当の意味での出世と言うの。

それははしたないことかしら？」

「いいえ、全く。いい遺伝子をONにすることが魂の目的だと、先日、大佐から聞いたばかりですから。

あれ？　じゃあ、なんで私ははしたないと思っていたんだろう」

「意味を履き違えていたからね。

あなたの言うこれまでの出世や成功は、自分1人のためでしかなかった」

「うっ、みぞおちが痛いです」

「そうでしょう。魂が痛むでしょ。

本当の意味での出世や成功は全くもってはしたないことじゃない。むしろどんどん目指すべき。

だって成功や出世は他人のためにするんだから」

「え？　他人のため？」

大佐はまた一体、何を言い出すのかと思った。

「あら、なんだか納得いかないご様子ね」

「そりゃもう。さすがに、他人のために成功や出世があるなんて、唐突すぎて意味が全く分かりません」

「ほら、でもあったでしょ。昔流行った刑事ドラマで、こんなセリフが。

『正しいことをしたければ、偉くなれ』

「ああ、あの湾岸署の？」

「そうそう、それよ、それ。

世界を変えるには、成功を重ねて出世することが一番の近道ってわけ」

「まあ、確かに社長の色が会社全体には出ますからね」

「そういうこと。それにあなたホストクラブに行ったことがあるわよね」

「もう！　大佐は私の魂だから、プライバシーってものがないのね！

はい、行きましたよ。一度だけ」

「よしかはあの時、シャンパンタワーを見たわよね」

「ええ、隣のえらく高そうなコートを着たマダムが、お気に入りのホストの誕生日とかで、
シャンパンタワーをオーダーしてましたから」

「あれって、どこから注ぐ？」

「そりゃ、てっぺんからでしょ！　そうでないと、下に積まれたシャンパングラスに、
シャンパンが注がれない……。

って、あ！！！！」

「ようやく気づいたようね。よしか、どんどん影響力を持ちなさい。

そして、たくさんの目的を成し遂げ、世の中の役に立ちなさい。

そのための成功や出世なら、いい遺伝子はどんどんＯＮの状態になるでしょう」

「な、なるほど。目指せ、シャンパンタワーのてっぺんってわけですか」

「そう。正しいことをしたければ偉くなれ！」

「大佐〜！

で、私は一体、何から始めれば？」

「そんなの簡単。あなたと関わる人を大切にしなさい」

「関わる人を大切に、ですか？　それは、どんな人も例外なく？」

「いや、ソウルメイトを」


またた。また怪しい言葉が大佐の口から投げかけられた。

運命の人は自分で作る

「ちょっと〜ソウルメイトとか怪しい言葉出すのやめてください！」

「よしかはソウルメイトって聞いて、どんなイメージを持つ？」

「ん〜、そうですね。やっぱり運命の人？

運命の赤い糸で結ばれていて、出逢った瞬間からお互いに一目惚れして、何をしていてもいつも最高の相性の相手って感じじゃないですか」

「うん、それは半分正しくて半分間違い。

もちろん最初からバッチリ気の合う人や、家族や友人、恋人がソウルメイトって可能性は高いけど。

でもそれだけじゃなくて、実はソウルメイトは『お互いに成長を約束した相手』という意味のほうが強くてね。

そういう意味では気の合わない相手もそれに含まれるのよ」

「え？　気の合わない相手が⁉　じゃあ嫌いな人なのに、ソウルメイトって可能性があるわけですか？」

「そういうこと」

「嘘！　そんなの嘘！　だって、人生に嫌いな人なんていないほうがいいに決まってる！」

「こらこら、ここまできて、まだそんなことを言うか。

じゃあ、聞くけど、寝ているだけで筋肉はつく？　口笛吹いてるだけで学力は上がる？」

「まあ、それはそうですね」

「それにね。何でもピカピカにきれいにするためには、研磨することが必要なのよ。

そんなわけで、自分自身の成長のためには、気の合う相手だけではどうしても研磨が足りないってわけ！」

「う～、そんな～。ムカつくあの上司や、ムカつくあいつも、ソウルメイトの可能性があるだなんて……」

「さらに言うとね、実は今世で最初からバッチリ気の合うソウルメイトだって、過去世ではそうじゃなかったかもしれないわ」

「過去世では相性が悪かったってこと？」

「そう。今世では相性がどれだけよくても、過去世では全く気が合わなくて喧嘩別れを何度も繰り返した相手かもしれない。

つまり、お互いに輪廻を何度も何度も繰り返して出逢って、その都度お互いに分かり合う努力をしてきたからこそ、今世では最初からバッチリ気が合ってるのかもしれない」

「うわ～！　なんかロマンチックな話ですね。

そう言われると、気の合う相手は気の合う相手で、すっごく大事にしなくちゃいけない気持ちになる！」

「そういうこと。

だからこそ今あなたが気が合わないって思っている人も、その過程かもしれない。

つまり、いい相性になっていく可能性がある人たち。

ソウルメイトとの相性ってそうやって成長していくものなのよ」

「他人との相性なんて、ずっと変わらないのかと思ってました。実際私、嫌いな人は嫌い！ってつっぱねちゃうところがあって」

「本当、あなたのいけないところ」

「もしかして、私が今まで通り過ぎた人の中にソウルメイトはいた……？」

「いたどころの騒ぎじゃないわ！　いっぱいよ！」

「うわ～！　超もったいない！

でもそう感じると、昔逢った嫌な人にもなんか違う感覚になるな。

喧嘩別れしちゃった人とか元気にしてるかな」

「そうね。そういう人とは、また次回の人生でやり直す可能性もあるわね。この1回の人生でもそうでしょう？　信頼関係は1日2日で築けるものじゃない。ジワジワと作っていくものでしょ⁉」

「過去世ではダメでも今世なら！　今世でダメでも来世なら！　そんなふうに、魂の視点からの人間関係はながーい目で相手の可能性を見てるなんて。頭が下がります」

「そうよ。人間は、運命を求めすぎなのよ。ビビビを求めるっていうか。

最初から運命の人を探すのは、大海原に浮かんでいる爪楊枝を探すくらい遠回りの可能性もある。

それよりも目の前にいる人との関係をよりよく成長させて、その人を運命の人に変えたほうがよっぽど近道ってことよ」

「大佐、そうなると質問です。

もしかして、ソウルメイトってたくさん増やすことができるってことですか？

よく最高に相性のいいソウルメイトは人生に数人しか現れないとか言いますが」

「ええ、無限にね」

「え、じゃあじゃあ、私の周りに最高の相性の人ばっかりのハーレムを作ることも不可能ではないってことですよね⁉」

「もちろん！」

「なんか、最初から運命の人に出逢おうとすると、雲を掴むような感じで、どうしたらいいか分からなかったけど、『運命の人は自分で作る』って思うと、めちゃくちゃ夢がありますね！」

「そうでしょう？　たった1人の運命の人を探すより、目の前の人を大事にしていけば、あなたの周りには運命の人しかいなくなるわ。

さらに言えば、いつもみぞおちを意識しながら目の前の人とコミュニケーションをとるイメージで話すと、出逢うべき人と出逢える可能性がより上がるわ」

「みぞおちから話す？　あ、魂の場所が何か関係してるんですね」

「正解。ただ話すんじゃなく、みぞおちから話すことを意識する。

たったそれだけで、相手を視る目が全然変わるからやってみなさい」

「なんでそんなことで、視る目が変わるの？」

「昔から、『腹から話す』『腹を割って話す』なんて言うじゃない？

みぞおちを意識すると、実はこの状態になるのよ。

その深いところから話す感覚は、魂そのもので人と接している状態ってことなの。

つまり本当の自分として話す感じ。

だからその状態でいると、相手も本当の自分として話してくれるようになるわ。魂と魂でコミュニケーションがとれるようになる。だから関係がうまくいくようになるの」

人は何歳からでも軌道修正できる

「大佐、ソウルメイトの仕組みはすごく理解できました。

ただそうなると気になることもあるんです。そもそも論ですが、運命の人になりうるかもしれない人に出逢えるかどうかもまた、運じゃないんですか？」

「安心しなさい。人生において、学ぶべき時に学ぶべきところまできちんと学んでいれば、約束した人たちに出逢うことになっているから」

「学ぶべき時に、学ぶべきところまで、きちんと学ぶ？　それはいつですか？」

「20歳を過ぎたらよ。その年齢からは、自分が生まれる前に魂と約束した段階まできちんと成長している必要がある」

「はい！　大佐！　2つ質問です！」

「お、やる気ね〜」

「ひとつ目は、どうしてその年齢なんですか？　ってこと」

「自分の人生の流れを自分の選択で変えられるようになるからよ。20歳まではある意味、親の人生の流れに引っ張られているところがある。だけど、20歳を過ぎてからは、人生の流れの選択権が自分に移るの」

「じゃあ日本の成人式が20歳っていうのも、ある意味人生の流れに合っているってことですね」

「そう。それを知ってか知らずかね。うまくできてるわ。で、２つ目の質問はなーに？」

「はい。『約束した段階まできちんと成長していること』ってどういうことですか？　段階ってなんのことでしょう？」

「じゃあ、聞くけど。デパートの４階にいる人を、１階で探そうとしたらどうなる？」

「え？　大佐？　そんな当たり前のこと聞かないでくださいよ～。階が違うんだから、出逢えるわけがないじゃないですか」

「そういうことよ。人生も同じなの。双方が同じレベルまで成長し合えてないと、ソウルメイトとして出逢えるわけがない！」

「これってつまり、生まれる前に待ち合わせ場所をちゃんと決めてるってことですか？　それなのに、どちらかが成長を怠ると、巡り逢うことができないとか？」

「そう、人との出逢いはそうやって必然で起こる。だから、自分がきちんと成長していないと、出逢えたとしても気づけなかったり、たとえ出逢えても自分の未熟さで関係を築けなかったりするってこと」

「うわ〜なんだか出逢いってものすごく深い。

そして、たったひとつの出逢いですら、見逃せないって感じ！」

「あら、その顔を見ると、だんだんこの世界の仕組みが分かってきたんじゃない？

今のあなたなら大丈夫かもしれないわね。

ということで、ちょっと出かけてくるわ！」


そう言うと、大佐は私の前からぶわっと消えた。

しかし、瞬きをひとつした瞬間、大佐は再び私の前に姿を現した。


「ふぅ〜ただいま」

「はやっ！」

「そう？　早かった？　1日がかりで仕事してたんだけど」

「1日がかり？　どう考えても2秒くらいしか経ってないんですが」

「ま、時間の流れなんて伸び縮みする不確定なものだからね〜」

「そ、それで、大佐は1日がかりで何をしていたんですか？」

「あなたはいよいよ、本来あるべき状態に戻りつつある。そうなるとこの先の未来で、生まれる前に約束した人たちと出逢うことになるでしょう。だから私から、先に挨拶しておいたの」

「え！　逆に迷惑なんですけど！　出逢うべき人が大佐に怯えてないといいけど……」

「安心しなさい。挨拶といっても、マーキングしておいただけだから」

「ちょっと、犬みたいなこと言わないでくださいよ！笑　で、誰に挨拶を？」

「未来の編集者のところへ。いいタイミングで相手があなたに気づくようにね」

「え？　まさか私、本を出すの？」

「まぁね。ただし、あなたがこのましっかり軌道修正をやればね。もちろん、あなたはそれでもまだ魂レベルで言えば、5ってところ。まだまだ気づく必要のあることが、たんまりよ」

「まぁ寝たきりすら治ってませんしね。
ただ、なんだか勇気が湧いてきました」

「何に？」

「人は何歳からでも軌道修正が叶うってことに」

「そんなの当たり前じゃない。だから人生を諦めないで」

私利私欲で人を見れば、私利私欲で人に見られる

ソウルメイトを何人も築こうと誓った私。
それでも、その願いを実現するために、大佐にもうひとつ確認しておかなければいけないことがあった。

「大佐。『運命の人は何人でも作れる』って話には感動で涙がこぼれそうになりました」

「こぼれてはないんかい！」

「人は何歳からでも軌道修正できるって話もどれだけ涙がこぼれそうになったことか」

「って、やっぱりこぼれてないんかい！

で、なに？　なんか気になる感じ？」

「はい、逆に出逢っちゃいけない人っていないんですか？」

「するどいわね。いるわよ」

「やっぱり！　それってすごい重要ですよね！　教えてください」

「実はお互いの人生の幸せを徹底的にそぎ落としてしまう相手がいるの。

例えば、家庭運、結婚運、仕事運、健康運、人気運、対人運、金運、財運、出世運、美貌、頭の回転、チャンスを掴む力、それから……」

「ちょ、ちょっと、何個あるんですか⁉

きゃ～、いきなり地獄に叩き落とされた気分なんですけど！　例えば誰？　どこにいるのその相手は！」

「実はね、人間関係で条件をつけている時は、お互いの幸せをそぎ落とす相手と出逢っちゃうわね」

「条件って、例えばどういうこと？」

「まぁ、簡単に言えば自分の強い欲とか強すぎるこだわりのことね。

『お金持ちがいい』『学歴が高いほうがいい』『有名な人がいい』とか。

そういう条件で人を選ぶと、幸せをそぎ落とす相手がやってきてしまうわ。

そこにあるのは、野心野望、私利私欲のエネルギーだから。

向こうもあなたのことを、野心野望、私利私欲でしか見ないのは当たり前のこと」

「怖い！　でも、例えば結婚相談所とかって、条件を書くじゃないですか？

それと大佐が言っている条件って同じ意味？　そうしたら結婚相談所に行けなくなっちゃいますよね」

「大丈夫。それは違うわ。

ここで言う条件って、自分の中の強すぎるこだわりや欲ってことね。

例えば、『年収８００万以上の相手じゃないと、私は絶対に結婚しない！　それが全て！』となるとそれはこだわりでしょ？」

「確かに自分を満たす欲望でしかない」

「そうなると、その条件に当てはめて人を見てしまうようになるの。

そして条件に満たない人は除外していくことになる」

「確かに、欲にまみれた知り合いが、『年収８００万以上ない男は存在価値がない』って言ってた」

「もったいない話！　**本当に相性のいい相手は、地位、名誉、肩書、見た目などで判断できるものじゃないのに。**

何度も言うように魂で感じるものなのよ。

欲から生まれた条件やこだわりで選ぶと、自分の魂に合わない相手を選んでしまうの」

「欲望、恐るべし……」

「そういった幸せをそぎ落とす相手と付き合うと、さっき言ったように家庭運、結婚運、仕事運、健康運、人気運、対人運、金運、財運、出世運、美貌、頭の回転、チャンスを掴む力……もうね、ありとあらゆるものがそぎ落とされて人生が低迷するわ！」

「なんかお先真っ暗！　人生終わりって感じ！

ただ大佐、そういう相手が家族にもいる場合がありませんか？　ウチなんかまさにそんな気がしてくるんですけど」

「安心して。**血の繋がった家族の中には、出逢っちゃいけない人はいないから。**

言ったでしょう。家族になる人たちは、生まれる前の真っさらな魂の状態で選んできたのだから。

魂に野心野望、私利私欲があるわけがない」

「そっか。家族は、お互いの課題をクリアしたり、学びを深めたりするためにタッグを組むんですもんね。

じゃあさ、大佐。血の繋がった家族はいいとして、出逢っちゃいけない人と結婚して家族になってしまった場合はどうすればいいんですか？」

そんな質問を投げかけると、家族の話では聖母のような目つきをしていた大佐が、ギッと目つきを変えて、こちらを見た。

幸せになるための結婚があれば、幸せになるための離婚もある

「はっきり言いましょう。

そんな相手と結婚してしまったと気づいた場合は、離婚しなさい」

「え⁉　離婚？　それって極論すぎじゃない？」

「それはあなたの固定観念ね。

幸せになるための結婚があれば、幸せになるための離婚があってもいいじゃない。

だって一緒にいると幸せをそぎ落とし合うのよ⁉

それなのに無理やり一緒にいるなんて、そっちのほうが狂気の沙汰よ」

「まあ、そう言われてみればそうか」

「それにね、そういう相手ともし結婚していたら、魂レベルではお互いが『離婚したい』と思っているはずよ。

そしてね、パートナーが幸せをそぎ落とす相手かどうかを感じる時のひとつの基準なんだけど、

その人と結婚してから、やたらとお金に苦労していたり、病気がちになっていたり、人間関係がどんどん悪くなったり、そういう悪い変化があったかどうかを感じてみること」

「その場合は無条件で離婚ってこと⁉ やっぱり極論！」

「最後まで話を聞きなさい。お金がなくてもそこに愛があって、お互いに思いやって生きている場合は別。それは、幸せをそぎ落とす相手じゃないわ。

奥さんが病気がちでも、旦那さんが献身的に看病していたら、それは幸せをそぎ落とす相手じゃない。

そんな時は、看病する中で魂が何かを学ぼうとしてるのね、きっと」

「それは確かに、素敵な旦那さんですね」

「結婚生活が長くなればなるほど、どの夫婦にも苦境に立たされるようなこともあるでしょう？ 大事なのは、そういう時に、お互いがどんな対応をするか。

失敗することがいけないんじゃない。大事なのは、失敗した後にどうするかってことよ」

「じゃあ、じゃあ子どもがいる場合はどう⁉　そんなに簡単に離婚は選べないと思うけど」

「結局、考え方は一緒よ。子育てが2人の共同創造にできるかどうかね。どちらかが子育てがどうでもよくて、パートナーに対しても不誠実なら、離婚の検討の余地ありね」

「そっか〜、なんだか大佐の話を聞いていたら、離婚は悪ってイメージがゴッソリ変わった気がします」

「それに、進化するための離婚っていうのもあるわ。

人はずっと一定ではなく変化するものでしょう？

だから成長速度が全く合わなくなった場合は、やっぱり離婚しなければお互いの人生が成り立たないこともあるのよ。

ただ、成長速度が速い人が遅い人を待ってあげることも愛になるけれどね。

どちらにしても、高い視点で感じてみると、『相手に感謝した状態での離婚は正解』になるの」

「いがみ合うんじゃなく、感謝の気持ちで離婚するってことなんですね」

「そうよ、いいこと言うじゃない。

ただ最後にこれだけは言わせて。

たとえ私利私欲で選んでしまった結婚だったとしても、そこには何かしらの縁があったということ。

つまり、もし過去世からの縁がなかったとしても、今世で縁が生まれたということよね。

だからその縁をきれいな形で完了させることが大切になっていくわ」


私はこの日、大佐の話を冗談で笑い飛ばす気にはなれなかった。

なぜなら、魂と言えど、大佐だって生きている。

そういう意味で、誠実に彼女と向き合いたくなったのだ。

第2章、完

第3章

私たちはなぜ、この世に生まれてきたのか？

あなたができることが、天から与えられたもの

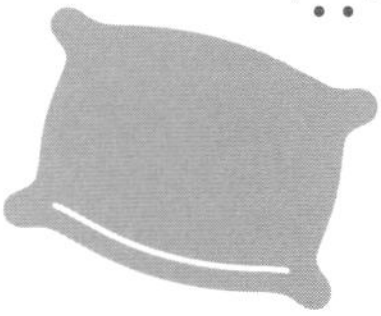

やはりこれだけベッドの上での生活が続くと、ふと頭をよぎるのは父のことだ。
そう、自殺を選んでこの世を去った父のことである。
私の父は一体、どんな気持ちでこの世を去ったのだろうか。
そして、人の死が意味することとは一体、なんなのだろうか。

「私、お父さんが亡くなった時、こんなふうに思ったんです。
死んですぐに忘れ去られていく人と、そうじゃない人って、何が違うんだろうって」
「そうだったわね。
世の中には偉大なことをして死んでいく人もいる。

その一方で、何も成し遂げずに死んでいく人もいる。

一体その差はなんだろう？　って思ったわけよね？」

「ええ、正直、何も成し遂げることなく死んでいく人は生まれる意味はあるのかな？　とすら思いました」

「その答えは出たの？」

「ん〜、やっぱりよく分かりません。

ただ、大佐に出逢って、これまで私が人生に対して思っていたことが、間違いだらけだってことは分かりました」

「どう間違えてたって思うの？」

「はい。社会の評価や、年収、それに偉大なことをしたかどうかで人の価値が決まるわけじゃないんですよね。

それなのに私は、お金やタワーマンションが私を幸せにしてくれると勘違いして、必死で仕事に明け暮れてた」

「じゃあ、あなたは本当は何がしたくてこの世に生まれたんだと思う？」

「……」

「1、2、3、4……」

「大佐、何を数えてるんですか？」

「やりたくないことをやり続けると、あなたの中の『本当の自分』が1秒ごとに死んでいく」

「ちょっと、ちょっと、本当の自分が死んだ数を数えるのやめてください！」

「はっきり言うわ。

人生は『本当にやりたいことをやる』ことが大切なのよ。

それはなぜか。

人間にはね、『生まれる前に決めてきたやりたいこと』があるの。だからこそ、両親を選んでいる。**両親を選ぶっていうのは自分だけの才能を選んで生まれているってわけ**」

「私だけの才能……って、なんでしょう」

「やっぱりそこまではまだ気づいてないいか。

じゃあ、ヒントを教えてあげる。自分だけの才能や能力を知るための第一歩は、何が得意で何が不得意かを知るということ。

得意なことを伸ばすことが最短で幸せになることに繫がるのよ。

だって、あなたができること（得意なこと）が、与えられたものなんだから」

「あなたができることが、与えられたもの」という言葉に、稲妻が走るような衝撃を覚えた。

確かにそうだ。せっかく得意なことがあるのに、そこに目を向けず、間違った夢を追いかけ続けてしまったら。

そうやって、何も芽が出なくて死んでいくなんて、1回きりの人生、あまりにも悲しいじゃないか。

私、「自分だけの才能」を見つけてみたい！


「あら、魂に火がついたようね」

「もう、大佐！　私の内側を解説するのやめてください！

ただ……得意なことが自分で分かれば手っ取り早いのですが、正直、自分では分かりにくいというか」

「まぁ、自分のことって自分が一番分かっていないものよね。

そういう時は、いい方法があるわ」

「それを先に言ってくださいよ！」

「自分の才能を知る手がかりは、親の才能を知ることよ！」

親を否定していると自分の才能が発揮されない

「親の才能を知る？　それってどういうこと？」

「自分の才能をきちんと発揮できている人って、両親のすごいところに気づいている人なのよ。

つまり、両親のすごいところに気づくというのは、自分の才能に気づくことに直接繋がるってこと。

だってその才能は、両親から受け継いでいるんだから」

「そっか、子どもは親の遺伝子を引き継いでいるわけですもんね」

「そういうこと。反対に両親なんてたいしたことがないって言っているのは、自分の才能をたいしたことがないと言っていることと同じになるの。

だからいくらすごい才能を引き継いでいてもしぼんでしまうわ」

「え、それってもしかして今の私？」

「だから、あなたはそんな状態なのよ。

まずは、両親のすごいところを見つけて、認めることから始めなさい！

そして、それが終わったら、次は両親以外の人でもやってみるといいわね」

「自分が関わる人たちで同じことを？」

「そうよ。あのね、尊敬の念ってものすごい『特効薬』なの。

例えば、両親に限らず、自分の周りの人のすごい（尊敬できる）ところに気づくとするじゃない？　するとその人の中にある同じ才能の蕾が活性化して花開く可能性がある」

「同じ才能が花開くってすごい！　じゃあ、頭のいい人を称え続けたら私も⁉」

「そうよ、もちろんそうなる可能性がある。

時々、ものすごい才能のある人っているじゃない？

そういう人は、自分の両親から受け継いだ才能だけじゃなく、他人の才能を使って自分の才能を活性化させてる可能性が高いわね。まあ本人は無意識にやっているんだろうけど。

そのおかげで生まれ持った以上の才能を発揮できるってわけ」

「じゃあ才能って、他人からもらったり、増やしたりできるってことですか？」

「もらったり増やしたりと言うよりはね、他人のすごいところに気づける時点で、自分もその才能が備わってると言ったほうがいいかしら。

つまり、自分にないものには気づきもしないし、それが人間」

「おお！　**じゃあ誰かをすごいなぁと思ったら、自分にもその才能があるってことですね！**

なんだか街に出るのがますます楽しみになってきた！」

憧れと嫉妬の明確な違い

「ただし、相手の才能に嫉妬するのは禁物よ」

「え？　でもよく『嫉妬の感情は、自分の目指したい場所を教えてくれるものだ』なんて言われませんか？　そういう意味で、嫉妬も憧れの一部なのかなーって」

「全然、ちがーう！

嫉妬してる時、人は相手に負けたくないと思ったり、自分が手に入れたいものを誰かが先に手に入れてることが気に入らなかったりしてるの」

「もしそんな状態で夢を目指そうとするとどうなっちゃうんですか？」

「尊敬や憧れの気持ちで相手を見ていれば才能が活性化して、努力次第で、その人と同じステージに立てる可能性があると言ったのは、さっきの通り。

でも、嫉妬の気持ちで相手を見ている人は、その人と同じステージに立つのは難しくなるわ。

なぜなら嫉妬している時は、自分の才能を活性化させることよりも、相手の失敗を願ったり、相手の才能を引きずり下ろそうとするエネルギーのほうが強いから。

そんなことをしていては学びの回路が閉じちゃうのよ」

「学びの回路？」

学びの回路・ミラーニューロンと憧れの効果

「私たちの脳ってね、他人を見ているだけでその人と同じ行動をとっているような状態になるの。

これは『ミラーニューロン』という脳の細胞の働きで起こるのだけれど」

「ミラーニューロン？」

「この細胞は別名、モノマネ細胞と呼ばれているわ。例えばスポーツ番組を見ている時、自分がスポーツをしていないのに興奮したりドキドキすることってあるでしょう？」

「はい、分かります」

「それはあなたのミラーニューロンが、脳の中であたかも自分がその体験をしているかのようにマネしているからなのよ」

「だから、試合に出てもいないのに、実際に手に汗握るわけですね」

「そう。もう映画で言えば、4Dの世界観よね。

そして、そのミラーニューロンこそ、学びの回路のそれよ」

「なるほど。でもそのミラーニューロンと嫉妬になんの関係が？」

「ええ、憧れの気持ちで相手を見れば、ミラーニューロンは相手のいいところをどんどんマネしてくれる。

だから自分の持っている才能が活性化していくのよ。

でも、嫉妬をしていては、そのミラーニューロンは働かない」

「どうしてですか？」

「嫉妬をしている時、人は、その相手の背景が見えてないからよ。

その人がどれだけ努力をして、どれだけ苦労してきたか、その事実が見えていないの。

つまり見ている場所が浅いとも言えるわね。

だから、ミラーニューロンも、完成の経緯が分からなくてマネできないってわけよ」

「似てないモノマネほど寒いものはないですからね」

「だから、まずは親を。

そして、他人を尊敬することから始めること」

「はい！

そして、人を嫉妬するような魂の汚れる行為はやめること！　ですね」

「よろしい。そうすれば、夢が叶うスピードはグッと上がるわ」

「幸せ」の英訳は、ハッピーではなくチャレンジ！

最近、自分でも成長してきたことを実感する。

そのことを大佐はもちろん気づいているのだろう。

きっと、それが理由だ。大佐が、いつもよりググッと踏み込んだ質問をしてきたのは。


「ねえ、あなたは、幸せってどんなことだと思ってる？」

「え？　なんだか今日はいきなり本質的な質問。

まぁ、幸せが人生に溢れたらいいってことまでは分かりますが、じゃあ、『説明してくれ』って言われると、一気に難易度が上がりますね。

ただもちろん、お金や地位や名誉が幸せそのものじゃないことはここまでくると重々承

知してますけど」

「そうね」

「幸せ、幸せかぁ……」


頭の中でこれまでの出来事と「幸せ」を、点繋ぎのように繋げてみた。

「夢が叶うこと、家族がいること、家があること、美味しい食事をいただくこと、大笑いしていること……」

「うん、うん」

「ああ、なんだかいろいろと思い浮かぶけど、『これだ！』っていう答えに辿り着けない。

だって、家族がいることで私みたいに不幸になることもあるし、
家が欠陥住宅だったら、『家があること』はたちまち不幸に変わってしまう。

美味しい食事も、その瞬間だけのような気がするし。

なんだかどれも、表面的な幸せにしか思えません！

あ！　分かった！　何も悪いことが起こらないこと！　それが幸せそのものです！」

「ふふふ。確かに悪いことが起こらないのは、平和な感じがしていいかもしれないわね。

でも、それもやっぱり本質的な答えではないわ」

「あー！分かんない、分かんない！

幸せ、幸せ……幸せって一体なんなんだろう？」

「幸せ」について真剣に考えていると、大佐が意外なことを言った。

「もがいてていいわね。その姿素敵よ。

だって、今のあなたが幸せそのものですもの」

「え？　私が？　寝たきりですけど？

自分にそっくりな鬼コーチに、毎日毎日いびられてますけど？」

「誰が鬼よ！　もう、らちが明かないから教えてあげるわ。

そうやって成長する姿が幸せそのものだって言ってるの！」

「成長する姿？」

「ええ、**幸せってね、チャレンジすることそのもののことよ！**

私たちはね、昨日より今日、今日より明日、自分が成長したと感じた時に幸せを感じる生き物なの。

『できないことに、チャレンジしてクリアしていくこと』。それがこの世に生まれた一番の理由と言ってもいいわ。

もしあなたが揺るぎない幸せを求めているのなら、それは『成長すること』。

私たちは、昨日の自分より成長したいと望んでいる」

私の敵は私

「ところで、よしか。

営業の仕事をしていた時、あなた会社でずっとトップだったじゃない？」

「そうですね、私より仕事のできる人はいませんでしたしね。そのおかげで、誰よりもお給料をもらってたし、周りからもチヤホヤされてました。

ま、自慢じゃないですけど」

「その言い方がなんだか嫌味ね～。

まぁ、でも本当のことだからしょうがない。

入社して2週間で1位になって、そこから辞めるまでずっと1位だったわね」

「頑張ってましたから」

「でも、その時どうだった？　充実感はあったかしら？」

「ん～はっきり言ってずっと一番で仕事に飽きてました。誰も私の成績を抜けないもんだから」

「その時あなた、上司になんて言ったか覚えてる？」

「えーっと……、

『仕事に飽きちゃったので、私と競い合える実力があって、私のことをいじめてくれるような人を入れてもらっていいですか？』って」

「とんでもない奴ね、本当に。

でも、やる気になりたかったのよね。仕事に真剣になりたかった。だから、その発言に繋がったのよね」

「大佐、よく分かってますね！　そうなんですよ。もう、ずっと豆腐を薬味なしで食べさせられ続けるような味気ない毎日でしたから。

でも大佐、どうしてその話が急に？」

「まだ気づかないのね。

じゃあその時、上司はあなたになんて言ったかしら？」

「!!　そうだった。あれは衝撃的な一言でした。

『よしかさん、敵は他人じゃないんです。
自分なんですよ。
誰かを超えるんじゃなく、自分を超えるんですよ。
誰かと競うんじゃなく、自分を超え続けてください』」

「今のよしかなら、少しはその意味が分かるんじゃない？」

「ああ！　成長することとは、自分を超えることだ！」

「そうよ、それで上司はさらになんて言ったかしら？」

「『本当の意味でトップになってください』ですね。

当時、その『本当の意味』が分からなくて、この人は何言ってんだろう？って謎でした。

本当の意味ってもしかして、昨日より今日、今日より明日って自分を超え続けていくこと？」

「ザッツライト！　素晴らしい気づきを今、あなたは得たわ。

その境地に立った時、あなたは競い合う世界から脱出できる」

「え、どうしてでしょう？」

「だって、自分を超えようとする時、やるべきことは、自分の道を突き進むことだけ。周りが年収１０００万円だろうが、２０００万円だろうが、自分を超え続けることだけが目標の人にとって、そんな数字、どうでもいいことでしょう？」

「そういう意味で、誰とも競い合っていないってことですね。でもそんなのって、なんだか孤独なような気がします」

「ええ、最初はね。だけど、終わらないトンネルはないわ。入り口があったなら、出口が必ずあるということだから。そして自分を超え続けるというのは、ある意味つまらないものでもある。それでもあなたは自分の道をひたすら突き進みなさい。魂の声のするほうへ！　それをやり続けた時、初めて見える世界があるのよ」

「その世界とは、どんな世界なんでしょう？」

「それが本当のトップの人たちがいる世界よ」

「本当の？」

「ええ。トップってあなたたちの世界ではなんだか順位が一番っていうイメージがあるかもしれない。だけど、トップが持つ本当の意味は、順位じゃない。自分の道を極め続けた人。それが本当のトップよ！」

「大佐、今思えば、学生の頃に一度だけ、部活のバスケットボールに必死になったことがあったんです。

あの時は、とにかく毎日、大きな大会で優勝するためだけに練習に明け暮れていました。でも残念ながら、その大会の一回戦で負けてしまったんです」

「その時、どんな気持ちになったか思い出してみなさい」

「はい、不思議と清々しかった。そして、後悔もありませんでした。やれることはやったと。これが今の私たちの実力だと」

「そうでしょう。そんなあなたなら大丈夫ね。

一度、本当の幸せを手に入れたことのあるあなたなら、また必ず、幸せになれるわ」

「私を信じてくれるの？」

「当たり前じゃない。だってあなたは私なんだから。

私はあなたの一番の応援者よ」

「ありがとう。そんなふうに言ってもらえて、なんだか涙が……」

その日こぼれた涙は、あの時、大会で負けた時に流した清々しい涙と、同じもののように感じた。

第3章、完

第4章

ねえ、生きてる実感、欲しくない？

3つの視点を持つことが願望実現の速度を劇的に上げる!

「よーし、いよいよ寝たきりが治った後の話をしようかしら」


そんな大佐の言葉が、妙に自分にもしっくりきた。

なぜなら、自分でも確かにいよいよ寝たきりが治りそうな気がしていたからだ。

つまり、「寝たきりは一生治らないかもしれない……」という疑いは、いつからか、「そろそろ治るんだろうなぁ」と謎の根拠のない自信へと変わりつつあったのだ。


「あなたの寝たきりが治った後、絶対に叶えたくない未来って何かしら?」

「そりゃもう、また寝たきりに引き戻されることですよ！　二度とごめんです！」

「そうよね。でも、何度もさえない人生に引き戻される人っていて、それには共通点があるの」

「え！　その共通点、ぜひ聞かせてください！　もうこりごりですから」

「人生が変わる時って、必ず人間関係に変化が起こるのよ。

でも、そんな変化の兆しを感じた時が、真価の問われる時。

本当にそこから人生を変えられる人と、変えられない人に分かれてしまうんだけど、その違いってなんだと思う？」

「ということは、それって人間関係にまつわる何かですよね？」

「あら！　いい線いってるわ！」

「そうだなぁ、これから出逢う人はどんな人がいいかイメージしてみるとか？　こんな人に出逢いたいなぁ～とか、あんな人に出逢いたいなぁ～とか。やっぱりイメージは大事って言いますもんね」

「残念。それだと考える向きが真逆ね。

正解は、過去の出逢いに感謝するかしないか。その違いが、人生を変えられるかどうか

にかかってる」

「過去の出逢い？　それはもう過ぎたことなんだから、これからに関係ないんじゃないですか？」

「はいー、またもや寝たきり人生、決定ー。おかえりなさいー」

「待って、待って、それだけは勘弁！　ちゃんと教えてください！」

「人生がよくなる時、人間関係に少し変化が起こるとは言った通り。

そんな時、人生を変えられない人は、『やっと出逢う人が変わった！』なんて勘違いしてしまうのよ。

つまり、『こんな人に出逢える自分になったんだ！　やったー！』なんて思いあがってしまう」

「え？　それの何がいけないんですか？　本当のことでは？」

「違う、違う。

本当はこれまでも素敵な人は自分の目の前に現れていた。

だけど、自分の相手に対する向き合い方が間違っていたの。

だから、相手といい関係を築けず運命の人にできなかっただけなのよ」

「結局、運命の出逢いがあるわけじゃなく、運命の出逢いにできる自分かどうかってことですか？」

「そうよ、ズバリそういうこと。

そんな中、過去の出逢いを悪く言って、『今私は、本当に素晴らしい人に出逢えるようになりました！』なんて発言をしたらどうなる？」

「確かに結局また、運命の出逢いに気づけなくなりますね……」

「そういうわけで、また不幸な人生、まっしぐらね」

「なんか、耳が痛い」

「ここから、きっとあなたの人生はよくなっていく。

そしてたくさんの運命の人に出逢っていくわ。

だから覚えておいてね。

過去の出逢いに感謝をしなさい。

あなたが大切にできなかった運命の人たち。

その人たちとの学びがあったからこそ、これから出逢う運命の人たちとよりよい関係が築けるようになるの。そして、その時、本当にあなたの人生が変わっていくわ」

夢を叶えるスピードを劇的に上げる3つの視点

「そして夢を叶えていても、本当に幸せな人生を歩んでいる人と不幸な人がいるから覚えておいてね」

「そこにも違いが。忙しいですね、最近」

「じゃあ、聞くのをやめる?」

「いえ、そんなわけにはいきません。ここまできてやめるわけにはは。でも、夢を叶えているのに不幸な人なんているわけないじゃないですか。だって願いが叶ってるんですもの!」

すると、大佐は、「いいでしょう。この世界の仕組みを伝えるわ」と言った後、私に向かって3本指を立てた。

「実は3つの視点がずれた時、夢が叶おうが、何をしようが、私たちは本当の意味で人生に喜びを感じないようにできている。

それがこの宇宙の法則だから。逆に言えば、その3つの視点に気をつければ、自ずと宇宙の法則と調和がとれるわ」

「宇宙の法則とは一体なんでしょう……？　3つの視点って？」

「その人の描いた夢が、

1　人間のため

2　地球のため

3　宇宙のため

になっているかどうか、それが重要ってことよ」

「じゃあ、3つの視点について詳しく教えていただきたいのですが……。人間のため、それってつまり、友人や家族の幸せを願うことですよね？」

「ええ正解。だけど、少し足りない。目指すのは、地球にいる全ての人間のために。そこまで考えることよ。**本当の幸せは自分1人の幸せではなく、多くの人が幸せであることなの。**自分の成長が進むと、自分の幸せに多くの他者が含まれるようになるわ。自分だけの幸せを願っていたのが、自分と家族の幸せを願うようになる。そして自分と家族だけの幸せを願っていたものが、自分たち家族と地域の人の幸せを願うようになる。自分たち家族と地域の人だけの幸せを願っていたものが、日本人全体の幸せを願うようになる。それがアジア人全体、世界中の人全員、そういうふうに範囲が広がっていく」

「うわー、想像がつかない。でも、どっちがいいかと言ったら、そりゃ幸せな人が多いほうがいいに決まってますもんね。何かに迷ったら、幸せになる人が多いほうを選ぶ。

これでいいでしょうか？」

「いい心意気ね。

ただ、だからと言って、人間だけが幸せになればいいってわけじゃない」

「お、2つ目の視点の登場ですね」

「ええ。人間にとっていいことでも、地球にとって悪いことって実はたくさんあるじゃない？　例えば人間の都合で除草剤を撒いて、人工芝にするとか。

そうなると、虫やそこで生きていた生き物が住処を奪われるかもしれない。

それって、人間だけの幸せしか考えていないことになるじゃない!?」

「地球人を代表して謝ります」

「『地球』には、人間やそこで生きる生き物全てが含まれるの。人間の皮膚に当たるものが、この地球にとっては地上に住む動植物なわけ」

「地球の皮膚が私たちってことですか？」

「まぁ簡単に言えばそうね。

だからこそ、『地球のため』って視点も忘れてはいけないのよ」

「はい！　重々承知しました！

大佐、２つの視点はそれでも身近なことなので、イメージが簡単にできました。

ただ、最後の視点の『宇宙のため』ってなると、なんだか規模が大きすぎてちょっとよく分からないです」

「そうよね。これってよく分からないわよね。

人間って地球の皮膚のようなものだと感じると、人間は地球の一部じゃない？

じゃあ地球は、なんの一部なの？」

「そうなるとやっぱり、宇宙の一部ってことですか？」

「そう。地球は宇宙の一部。

つまり宇宙全体の状態が、実は地球の状態に関わっていて、地球の状態がそこに住む動植物の状態に関わっていて、ひいては自分個人の状態に関わっているのよ」

「つまり大佐が言いたいのは、宇宙の幸せが地球の幸せに関わっていて、地球の幸せが、そこに住む動植物の幸せに関わっていて、ひいては自分個人の幸せに関わっているということですね？」

「あら、賢い！　やるじゃない」

「えへへ、なんかピンと来ました！」

「だから人間にとっていいこと、地球にとっていいこと、宇宙にとっていいことの、3つの視点で選んだ幸せの方向がビシッと合うことを選ぶと、最高の幸せに繋がるのよ」

「そう感じると、自分の選んだことが地球の未来を変えて、宇宙の未来を変えていくってこと？」

「イエス！　**人間って本当にすごいのよ、宇宙を変えていく力を持っているんですもの。**

ようやく3つの視点が揃ったわね。あなたが動けるようになっていざ夢を叶えようとする時、自分自身に聞いて。

1　この夢は、人間のためになっているだろうか？

2　この夢は、地球のためになっているだろうか？

3　この夢は、宇宙のためになっているだろうか？

そして、その全てに自信を持って『イエス！』と答えられるようなら、あとは自分を信じて進みなさい。

必ず、その先の未来で夢を叶えた自分に出逢えるから。それに、この3つの条件を揃えた願いなら、叶っていくスピードも尋常じゃなく速いから、覚悟しておきなさいね」

「大丈夫です、今の私なら」

その人生で、愛したか？　学んだか？　精一杯、生きたか？

この日のトレーニングはこんな恐ろしい一言から始まった。

「よーし、今日は『死に方のトレーニング』に移るわよ！

いよいよクライマックス間近ね」

「ちょっと急になんですか！　『死に方』って言葉のせいで、本来ポジティブな意味の『クライマックス』が超絶ネガティブな意味に思えます！

せっかく、夢の叶え方を教えてもらったのに、私、まさか死んじゃうってことですか⁉」

「何言ってんのよ。そんなわけないじゃない。死に方は生き方よ。死に方を決めることでどう生きるかが決まる。

つまり死に方はゴールよね。ゴールがどこだか分からない人生なんて、風に流される風船みたいでどこに向かうか分からないじゃない」

「まぁ確かにゴールが分からないと、迷子になりそうです」

「死に方には実は『正解』と『不正解』があるのよ」

「正解と不正解がある？　そんなの聞いたことない！」

「正解を選べばいいけど、不正解だったら……」

「……不正解だったら？」

「じゃ、死んでみよっか！」


大佐はそう言って、私の手を掴むと、ヒョイと私を持ち上げてお姫様抱っこした。

すると、大佐の背後から強い風が吹いてくるのが分かった。

どうやら、その風は私たちをたんぽぽの綿毛のように何処かへ連れて行こうとしているようだ。

「って、ちょっとちょっと！　まだ死にたくないから！」

もちろんそんな抵抗は、空を切るばかり。


ふと気がつくと私は、薄暗い部屋のベッドに横たわっていた。

視線を横にやると、心電図が小刻みに波打っている。

どうやら、ここは病室のようだ！

大佐の言った「死んでみよっか！」の一言が真実味を帯びてくる。

ところで不思議なことがひとつ。

人が1人、まもなく命の終わりを迎えようとしている中、なぜか病室には私以外、誰もいないのだ。


いや、でもそんなことはどうでもいい！

なぜなら、明らかに自分の身体にも異変が迫っていることに気づいたからだ。

唇がカサつき喉もどんどん渇いてくるこの状況。

その渇きは私の気道を一層狭くするようで、人工呼吸器をつけていても息が苦しいのだ。

それに加えて、足元からは、冷気が上がってくるような感覚がした。


寒い……なんだかすごく寒い……。

いつかの映画で見た、雪山で遭難した2人が「ここで寝たら死ぬぞ！」というシーンが頭をよぎる。きっと、私もここで眠ったら最期。

もう目を覚ますことはないのだろう。

そんなことを回らない頭で考えていると、突然目の前の映像が切り替わった。


「ああ！　これが噂に聞く走馬灯ね」

そう、その映像とはずばり、私のこれまでの人生を振り返る内容だった。

ただ聞いていた話と違うのは、母と私の気持ちがオーバーラップすることだった。

生まれ育った家のバスルームで、母がシャワーを浴びている。

これはきっと父が死んですぐくらいの若い時だ。

すると、母は突然嗚咽し始めた。

それと同時に私の胸は苦しくなり、私の中に他の人の感情が流れ込んでくるのが分かった。

そう、母だ。

それは、父が死んだ後、たった1人で子どもを育てることに対する不安。

周りに心を許せる人もなく抱える、孤独と悲しみの気持ちだった。

そんな中、私は高校生になり、無断外泊を繰り返した。

「自分の子育てはどこで間違えたのだろう?」

「どうして私の人生はこんなにも不幸なことの連続なのだろう?」


再び、母の抱くそんな怒りやむなしさが洪水のように私に押し寄せた。

私の知らない、母の気持ちがそこにあった。


次に映し出されたのは、グリーンの美しい振袖。

私の成人式だ。

母が私のために着物を借りてくれたのだ。

でも、それが私は不服だった。

なぜなら、10歳年上の姉は着物を買ってもらっていたのに、自分はレンタルだということが、まるで大切にされていないように感じたからだ。

するとと母が通帳を見ながら考えごとをしている場面に切り替わる。

またもや、母の気持ちが流れ込んできた。


どうやら、自分の好きなものを全て我慢し、なんとかやりくりして、学費や仕送りを払ってくれていることが分かった。

それなのに、それなのに母は、通帳を見ながら、成人式の着物のチラシとにらめっこ。

全ては私の笑顔のためだった。


すると目の前がぼやけ、今度はまだ経験したことのない光景が浮かんできた。

そこには今より少し先の未来。

30代後半くらいの私がいた。

私は結婚しているようだったが、家に母を呼ぶことはないようだった。

それもそのはず。

その家は、実家から遠く離れた場所だったのだから。

母の気持ちがまたもや流れ込んでくる。

「あんなに遠くに引っ越して、きっと私の死に目にもよしかとは会えないわね。死ぬ時にはせめてお別れくらい言いたいわ」

その母の気持ちと同時に、私が引っ越す時に言われた言葉が耳に響く。

「そんなに遠くに引っ越すなんて、親の死に目にも会えないわね！

親不孝もいいところね！」

そうか……本当はお母さんは死に目に私に逢いたかったのだ。

「ピッピッピ」という無機質な音が聞こえる。

目の前を見ると、確かにそこは病室だった。

しかし、さっきとひとつだけ違うことがある。

ベッドに横たわっているのは、私ではなく、老いた母だったのだ。

死期が近いのか、親戚たちが頻繁に病室に出入りしている。

でもそこに私の姿はない。

一体、私は何をしているんだろう。

なぜ母の臨終にも駆けつけないのだろう？


そんな不甲斐なさが押し寄せると同時に、意識のない母の目から涙がツーーーッと流れた。

そして、またもや母の気持ちが私の胸に飛び込んでくる。

「最期にもう一度、よしかに逢いたい」

そのまま私の胸は重い鎖のようなもので締め付けられた。

今までどうして母の気持ちに気づけなかったんだろう？

私は、悲しさと悔しさと絶望と怒りと、とにかく自分を許せない気持ちでいっぱいになった。私の気持ちと母の気持ちが混ざり合い、苦しくて叫び出したいくらいだった。

なぜ振袖を素直に喜べなかったんだろう。

なぜお母さんの病院に顔を出さなかったんだろう。

なぜお母さんの麻婆豆腐をちゃんと食べておかなかったんだろう。

冷めた麻婆豆腐でいい、ちゃんと食べたい。

せめて「ごめん」って言いたい。


後悔の念に押し流されそうになる中、場面が切り替わった。

現代の私に戻ってきたようだ。


ベッドからすぐに起き上がり、今すぐに母に謝りに行きたい！

そんな心の叫びとは裏腹に、私の身体はやはり鉛のように重く、まるでベッドマットと同化してしまったようにピクリとも動かない。

自分が情けなく、ただ涙が頬を伝うのだ。

「今、どんな気持ち?」

大佐は優しく私に聞いた。

「すごく後悔している。もっと違う選択ができたと思っている」

「そうね。私たちが死ぬ時ってね、してしまったことに対して後悔するの」

自分がされたことよりも、

「はい。今私は、どうしてもっと家族や周りの人たちを愛さなかったのだろう……と思っています」

「ええ。私たちは死ぬ時に、自分が誰かに愛されなかったかどうかよりも、自分が誰かを愛さなかったことを後悔するの」

「そして、今私は、どうしてもっと精一杯生きなかったんだろう……と思っています」

「ええ。私たちは、昨日と同じ今日がずっと続くと思っている。だから毎日を精一杯生きることを忘れてしまうの」

「そして今私は、どうしてもっと学ばなかったんだろうって後悔しています」

「ええ。私たちのこの人生は、全てが学びの連続の中にある。でも生きている時は毎日が学びの連続だなんてなかなか気づけないものね。

ただあなたの命は、今、終わろうとしている。どんなに後悔しても、あなたの身体はもう動かない。そしてあなたの心臓はもうすぐ止まる。あなたはもう死ぬから」

「え？　ドラマなら、この展開で息を吹き返して、新しい人生が始まるんじゃ？」


現実はそんなに甘くないようだ。

冷たくなっていく身体を感じながら、私は大佐の声を遠くに聞いていた。

「もう一度やり直したい。
もう一度精一杯人生を生きたい。
もう一度たくさんのことを学びたい。
もう一度……」

そこで私の鼓動は完全に止まった。

「お帰りなさい」

「……」

「死ぬ体験はどうだった？」

「……うわーん！　本当に死んだかと思いましたよ、大佐！

なんだ！　よかった！　私、死んでない！

だって、寝たきりのこの状況が変わってないもの！

寝たきりの自分だって生きてることに変わりない！

もうこの状況、感謝でしかない！」

「そんなに喜ぶ？

それで、どうだった？　死ぬ体験は」

「はっきり言えば、このまま死んだら私、後悔します」

「死ぬ時、『閻魔《えんま》大王がいて、地獄に行くか天国に行くか決める』なんて言うじゃない？」

「はい、子どもの頃、よく絵本で読みました」

「でも実際は、人は死ぬ時、自分で自分のこれまでの人生を振り返るの」

「私がこれまでの人生を振り返ったみたいにですか？」

「そう。そして自分で自分にこんな質問をするわ。

『愛したか』

『学んだか』

『精一杯生きたか』

後悔の度合いが大きいと、やっぱりもう一度、人生をやり直すことになる」

「じゃあ、今回私が気づかなかったら、やり直していたことになったんですね。

ありがとう、大佐。

大佐のおかげで、全部が分かった気がします」

「はあ？　勝手に終わらせないでくれる？

まだ全然、終わってない。死ぬ体験ができたところで、いよいよ自分の死に方を決めましょう」

4段階の死に方

「え？　終わってない？

うわ～さっき言ってた死に方には正解と不正解があるってやつですね。ただ、死ぬってなんかネガティブなイメージがあって、やっぱりあんまり考えたくない。なんか死ぬって怖く感じます」

「そうね。死ぬって、イメージが湧かなくて怖く感じるかもしれないわね。それになぜかこの世では、生まれることは喜ばしいことで死は忌み嫌われるわね」

「実際のところはどうなんですか？」

「生まれることも死ぬことも『世界を移行する』ということだから、怖いことでもなければ、忌み嫌うことでもないの。生まれることはこの世に生まれることで、死ぬことはあの世に生まれること」

「つまり世界が移るだけですか？」

「そういうことになるわ」

「そう言われると、なんか急に怖くなくなってきました」

「そうでしょう？　じゃあ聞くけど、私たちは死んだ後、輪廻するか転生するか分かれることになるけれど、それって、どんなふうに分かれると思う？」

「ええ、だからやっぱり今世でどう生きたかですよね？」

「もちろんどんな生き方を選ぶかは重要。それはあなたの言う通り。

でもそれだけじゃ、輪廻してしまう可能性があるわ。

つまり、留年ってこと！

だって、それってマラソンで言ったら、無我夢中で走りさえすれば、ゴールテープを切る必要はないってことにならない？」

「まあ、確かに生きる上でのペース配分は、ゴールが決まってないとできませんね……」

「そう、だから死に方を決めましょう。

死に方が決まると、自ずと生き方も見えてくるから、逆から考えるのよ」

「でも、死に方を決めるって何をどう考えればいいんでしょう？

正しい死に方って一体なんですか？」

「死に方には4つの段階があるの。

1段階目・悪いカルマを作りながら、生と死を繰り返す

2段階目・悪いカルマを作りそれを解消する日々を繰り返し死ぬ

3段階目・悪いカルマを全て解消し、新たなカルマを作らないで人生を全うして死ぬ

4段階目・生と死を極めて死ぬこと」

「えーっと、なんだかいきなり難しいんですけど……まず悪いカルマとは確か、来世に残す宿題のようなものって話でしたよね」

「ええ、そうよ。じゃあこの中で輪廻してしまうのはどの段階だと思う？」

「まぁ、悪いカルマを作るって言うくらいですから、1段階目は確実に輪廻決定ですよね」

「正解。1段階目は、自分の日々の行いを省みることなく、悪い行いをし続けてしまうこと。そうすると宿題がどんどん溜まる。今世で悪いことをしてしまっても、今世でそれを解消すれば、来世に宿題を残すことはないでしょう？」

「はい。それを来世にどんどん持ち越すことが1段階目ってことですね。それだけは避けたいです」

「じゃあ2段階目は？」

「う～ん。２段階目はどうかなぁ。

これは過去世や今世で作ったカルマをただ解消してるだけ。

これって自作自演？　ってことは、やっぱりこれも輪廻ですかね？」

「そう！　正解！

じゃあ3段階目はどうかしら？」

「悪いカルマを全て解消してるし、新たに作ってないということは、ここにきてやっと転生できるんじゃないですか？」

「そうよ。この段階が合格ライン。生まれた意味を生きられる状態になるわね」

「でも改めて感じると、人生を全うするってなんですか？」

「カルマ解消の時は、自分の人生をまだ生きられない状態なのよ。つまり『起こる出来事や自分が無自覚で起こしてしまう出来事に翻弄される状態』。

でも、悪いカルマを作らず、解消する必要もなくなると、初めて本当に生きたい人生を生きられる状態になる」

「でも悪いカルマを作らないって難しくないですか？　だって無自覚で作っちゃうことはありますよ」

「だから、それは今世解消すればいいのよ。つまり持ち越さない。気づいた時点で解消するの。それを繰り返すと、だんだん作らなくなっていって、自分の本当の人生に集中できるようになるわ」

「そうか、それが人生を全うする状態ってことか。じゃあ私はまだ人生を全うできる状態じゃないってことですね」

「そういうこと！　だんだん分かってきたわね！」

「そして４段階目はもちろん転生する状態！　ってことですね」

「その通り！　４段階目の生と死を極めるとは、生と死の仕組みを理解して生きること、そして死ぬことよ。

つまりそれはこの世で学び成長し、この世に生まれた時より成長した段階で死ぬってことね。それはこの世で生まれた時より成長してあの世に転生することよ」

「それが私たちが最終的に目指すべき死に方ってことなんだ」

「だから死に方を決めるとしたら、3段階目、または4段階目に設定しないといけない。

そうじゃないと輪廻の状態になってしまうわね。

じゃあよしかのゴールはどれにする？」

「そりゃもちろん1と2はお断り！　もう寝たきりは勘弁なので。

でも4はちょっと無理っぽいっていうか……。だって今寝たきりですし、どうやって学んで、どうやって成長するのか分からないですから。だから、目指すのは3段階目が無難ですかね」

「寝たきりだったら学んだり成長できないとでも？」

「だってそうじゃない。寝たきりなんだもん」

「あのね、**どんな状態であれ、生きていれば自分次第で学ぶことはできるし成長することができるの。**現によしかは寝たきりの今のほうがものすごい勢いで学んでいるし、成長してるでしょう？」

「まぁ確かにそう言われるとそうかもしれません」

「それにね、あなたのこの経験は多くの人の勇気になっていく」

「多くの人の勇気ですか？　でも私今、寝たきりですもん」

「バッカねえ。寝たきりだろうがなんだろうが、できることはなんだってあるじゃない。寝たきりの気持ちって、寝たきりじゃない人に分かるかしら？」

「そりゃあ、分からないと思います」

「そんな時に、自分そっくりな変な物体が現れて、幸せになるなんて体験は？」

「それはもう逆に私だけだと願いたいです。

こんな辛い経験、私だけで十分です」

「今はベッドの上じゃなんにもできない時代だったっけ？　あなたのできる方法で伝えたら？　その手にスマホがあるじゃない。

そして、１人でも多くの人を幸せにしなさい。

人間のために、地球のために、宇宙のためにね」


寝たきりの私でも、幸せを手に掴めたのだ。

きっと、この地球上に幸せになれない人なんていない。

だからこうして今、あなたに、寝たきりの私に起こった全てを伝えている。

私はただ「生きてる〜！」って叫びたいだけだったんだ

「さて、そろそろ卒業も近いわ」

「え？　卒業？　ってことは、私今、レベルいくつですか⁉」

「もう少しで10になりそうよ」

「本当？　やったー！　それって私、自分で人生を幸せにできるレベルになったってことですね！」

「そうね。それにね、レベル10に近づいたってことは、寝たきりももうすぐよくなっていくわ。だってもうサインを受け取る必要がないもの」

「サインを受け取る必要がない？」

「サインは自分の人に対する接し方が間違っている時に起こる。だから人への接し方が変われば、サインを受け取る必要がなくなるわ。

ただ、寝たきりからも、私のスパルタトレーニングからも卒業するには、その前にやるべきことがあるわ」

「それってやっぱり、お母さんのことですよね……？」

「そうよ。

あなたは今寝たきりだけど、すぐできること。

それはお母さんとの関係を改善する努力」

「はい、私やります。

死ぬ時に後悔しないために。

お母さんも苦しかった。

お母さんも学びの中にいる。

そしてお母さんも本当は私を大切に思っている。

そのことが分かった今、私は過去のわだかまりを手放して、過去の自分を超えていこうと思います」

「今回あなたは、お母さんが1人で子育てをすることに不安を感じていたこととか、1人孤独に悲しみに向き合ってきたこととかに気づいたじゃない？

そうやって、相手の背景を見ていくことがとても大切なことよ」

「相手の背景？」

「そう。表面的な言葉に惑わされず、相手を本当の意味で理解する努力ね。

例えばあなたに嫌なことを言ってくる人がいたとして、その人がどういう状況にあるか本当のところは分からないじゃない？　そんな時に、どうしてそういう言い方なのか？　どうしてそんな態度なのか？　相手の背景を感じることが大切になるの」

「この前友達に電話をした時に、ちょっと相手が不機嫌そうな声を出したから、私は怒っちゃったんですよ。そうしたら友達はお腹が痛かっただけだったんです。私は友達の背景に気づかなかったんですよね。そういうことですよね」

「そうね。それにね、人は嘘をつく。

本当は相手を愛しているのに愛してないと言ってみたり、
本当は相手を許しているのに許せないと言ってみたり。

魂の感じていることとは違うことを言ってしまうのが人間なの」

「とてもよく分かります。お母さんもそうだったんですね」

「これから出逢う全ての人に対して、言葉の裏に隠された想いに気づけるように努力しなさい。

そうすれば、『なぜ相手がその言葉を言うか』ということに気づけるようになっていくでしょう。

そして、たったそれだけで、あなたとお母さんの間に起きたような悲劇は生まれることがなくなるわ」

「そうですね。私と同じように誰かを悲しませたくありません」

「これからは自分の本当の想いを言葉にしなさい。魂からの言葉を相手にかけなさい。そうすれば、誰も悲しませることはなくなるから」

「はい」

「じゃあ、やることは？」

私は電話を右手に持ち、実家の番号を押した。

大佐との別れは、人生の始まり

「もしもし、大鈴です」

受話器から聞こえたのは、これまでと変わらない母の声。だけれど、なぜかこれまでと違うように感じる母の声。

「あ、お母さん、私だけど」
「あら、よしか？　どうしたの」
「どうしたってことはないんだけど、元気にしてる？」

「元気にしてるわよ。よしかは元気？」

「うん。元気だよ。久しぶりに私もお母さんの顔を見たいし、近々帰ろうかなって思って」

「あら嬉しい！　お母さん、よしかの好きなものをたくさん作って待ってるわ」

「本当？　じゃあ私、麻婆豆腐がいいな。お母さんの麻婆豆腐が、一番好きなんだ」

「……！　分かったわ、麻婆豆腐ね！　任せて、とびきり美味しいの作ってあげるから！」

「ありがとう。じゃあ、熱々のうちに食べないとね！」

═══

最後、お母さんの声が震えていたのはきっと気のせいじゃないと思う。

「電話してみてどうだった？」

「なんか、前回の電話と全然お母さんの反応が違った気がします」

「そうね。**それはあなたが変わったから。自分が変わると相手にそれが伝わるわ**」

「なんか私、こんな未来がやって来るなんて思ってもみなかった。寝たきりのまま私の人生終わっていくのかなって。でも大佐が現れて、いきなり人生が変わっていった」

「今あなたは、これまでの人生を終わらせ、ここから新しい人生が始まる。人生に迷った時は、私との日々を思い出してね。私はいつもあなたとともにいる」


そしてこの後、一寸の狂いもなく大佐と私の声が重なった。

「私（あなた）は、
本当にベッドから一歩も動かず、
生き方を変えた！
くう〜！　生きてる〜！」

その一言を言い終えると、大佐は私の目の前から姿を消した。
部屋には私1人になった。
ただただ静かな部屋に私は1人残された。

あまりにも、あっけない別れ。
それでも全然、悲しくなかった。

なぜなら、それは私と魂が完全に一致したことを表しているのだから！

その証拠に、今、私のみぞおちあたりが妙に熱い。

さて、人生はこれからだ。

でも私は全然怖くない。
だって、これからの私は、どんな時も1人じゃないのだ。
そう、どんな時だって、大佐がいる。
そして、それはあなただって同じ。
困った時は聞けばいいのだ。

あなたの中にいる、あなただけの大佐に。

完

エピローグ

大佐が消えてしばらく後。

私は、大佐の言った通り寝たきりから復活した。

まず最初に自分の足で逢いに行ったのは、もちろん母だ。

とはいえ、すぐに分かり合えたわけじゃない。

少しずつ、少しずつ。絆を取り戻す作業をしていった。

確実に言える大きな変化は、母の言葉の裏にある本当に伝えたい気持ちに気づけるようになったこと。

そう、人は少しずつ変わる。

だから、それを待つのも愛である。

そして大佐に言われた通り、私はこの寝たきりの経験で気づいたことを大勢の前で話していくことになった。

「人はなぜ生まれ、どこに向かうのか？」

大佐から教えてもらったことは、たくさんの人の人生を変えた。

さて、時はさらに進んでそれから5年後のこと。

私は今も、大佐の教えを基に、たくさんの人に「生き方」を伝えている。

時に、みんなに「よしかさんってスパルタ！」と言われることも。

それはまるで、大佐とあの頃の私を見ているよう。

最後にこれを読んでくれているあなたに、伝えたいことがひとつ。

あなたは大佐の言った通りにやるの？　それともやる？
そう、やるしかない。

だって1度きりの人生、
生きてる実感、欲しくない？

デザイン　三森健太＋永井里実（JUNGLE）
カバーイラスト　ゆの（http://yuno.jpn.com/）
本文イラスト　春田みのり（sugar）
企画協力　西浦孝次
校　正　ペーパーハウス
本文DTP　朝日メディアインターナショナル
編　集　岸田健児（サンマーク出版）

私はただ、「生きてる〜！」って叫びたいだけだったんだ

2021年11月10日　初版発行
2021年12月25日　第6刷発行

著　者　大鈴佳花
発行人　植木宣隆
発行所　株式会社サンマーク出版
〒169-0075
東京都新宿区高田馬場2-16-11
（電話）03-5272-3166
印　刷　三松堂株式会社
製　本　株式会社村上製本所

ISBN　978-4-7631-3957-3　C0030
ホームページ　https://www.sunmark.co.jp/